MON PÈRE

Né en 1960 à Valenciennes, Grégoire Delacourt est publicitaire. On lui doit notamment de fameuses campagnes pour Cœur de Lion, EDF, Lutti, Apple ou encore Sephora. Son premier roman, *L'Écrivain de la famille*, a été récompensé par cinq prix littéraires dont le prix Marcel-Pagnol. *La Liste de mes envies*, best-seller international publié et traduit dans plus de trente pays, a été mis en scène au théâtre en 2013 et a fait l'objet d'une adaptation cinématographique en 2014 avec Mathilde Seigner et Marc Lavoine dans les rôles-titres.

Paru au Livre de Poche :

DANSER AU BORD DE L'ABÎME
L'ÉCRIVAIN DE LA FAMILLE
LA FEMME QUI NE VIEILLISSAIT PAS
LA LISTE DE MES ENVIES
ON NE VOYAIT QUE LE BONHEUR
LA PREMIÈRE CHOSE QU'ON REGARDE
LES QUATRE SAISONS DE L'ÉTÉ

GRÉGOIRE DELACOURT

Mon Père

ROMAN

JC LATTÈS

ISBN : 978-2-253-24104-1 – 1re publication LGF

Celui-ci est pour
Tom Lallemand
Enzo Palomares
Lucas Devillard
Mathis Rigollet
Thomas Tarouensaid
Hugo Blondel
Nathan Chantelrose
Léo Dujardin
Baptiste Puech
Paul-Gabriel Constant
Jules Ducrocq
Axel Lefebvre
Florian Carpentier
Esteban Petrakos
et Benjamin Roussel.

« Dieu nous a créés
d'après son image

Nous l'avons créé
d'après la nôtre

Mutuellement
nous nous sommes massacrés »

Anise KOLTZ, *La Terre se tait*.

Préface

En commençant l'écriture de ce livre, je savais que je m'attaquais à la face nord d'une montagne verglacée.

Il n'y aurait pas d'aimable mercière cette fois, pas d'amoureuse éperdue, pas plus que de petite fille qui apprendrait à pardonner à son papa de lui avoir tiré une balle de revolver dans la figure. Et surtout, pas de *happy end*.

Il n'y aurait que deux hommes. Un Père et un père. Un face à face. Un règlement de mots. Une boucherie à propos du désir de l'un et de l'interdit de l'autre. Des frayeurs d'homme, en somme.

Il y aurait mes peurs anciennes d'enfant lorsque l'ombre me couvrait de nuit et de larmes. Il y aurait mes angoisses de père, plus tard – et cette infirmité de ne jamais pouvoir protéger tout à fait ceux qu'on aime.

Il y aurait ce que notre part humaine compte de plus cannibale ou de plus désespéré.

Alors oui, lorsque, après avoir lu la brève quatrième de couverture, cette dame a reposé *Mon Père* sur la haute pile dressée devant moi au salon du livre de Vannes et qu'elle m'a dit « je ne le prends pas, c'est trop dur », j'ai su que j'étais parvenu au sommet de ma montagne, là où l'on est forcé de regarder en bas, regarder loin ; là où, sans avoir besoin de cligner des yeux, l'on voit tout – la cime des arbres comme les noirceurs qu'ils tentent de masquer, et dans la plaine les hommes qui fuient et au seuil des maisons les femmes qui pleurent. Ainsi, ce qui semblait être « dur » à ma visiteuse de Vannes, c'était de voir. Et donc de savoir. Voir et savoir le mal fait à nos enfants, nos faiblesses à les défendre, l'appétit des ogres. Je crois que tôt ou tard il faut montrer, il faut nommer, car l'imagination est sans fin lorsqu'elle se hasarde du côté du féroce. Je crois aussi qu'en ces temps où la pensée est réglementée et, comme aux heures sombres du monde, la parole suspectée, il est du devoir de l'art de retrouver son rôle d'empêcheur de vivre en rond, de pousser les murs, de cogner, d'évoquer « cette sinistre nouvelle de ce qu'un homme a pu faire d'un autre homme[1] ». Il faut retrouver cette liberté essentielle qui consiste à parler de tout, à montrer tout, cette joie de donner la parole à ceux qui ne l'ont plus car leurs mots en eux sont restés enfouis, car les mots en eux ont été émiettés, et s'il arrive parfois, oh rarement, que quelques-uns parviennent enfin à leurs lèvres, ils ne sont pas cueillis, pas recueillis. Qui croit, qui entend un enfant qui

1. Primo Levi, *Si c'est un homme*.

dit « papa m'a fait du mal » ? Ou grand-père ? Mon grand frère ? Monsieur le curé ? Qui peut croire qu'un *protecteur* a pu devenir un bourreau ? Un effroi ?

Écrire, c'est écouter le monde, les vents chauds, les vents doux, mais aussi les tempêtes et les ouragans. C'est nommer pour empêcher l'oubli. C'est dire pour donner vie.

Écrire, c'est enfin se dénuder et habiller l'autre.

Voilà, chère lectrice vannetaise, ce que j'aurais voulu vous dire lorsque vous avez reposé *Mon Père* et que vous vous êtes éloignée, comme on s'écarte du chagrin d'un homme, ou d'une pierre qui brûle.

Et vous dire merci, à vous qui avez osé ce livre.

Il y avait cette histoire au catéchisme qui m'avait sérieusement décontenancé quand j'avais douze ou treize ans. Celle de ce type, Abraham, à qui Dieu dit « Prends ton fils unique, celui que tu aimes, Isaac » – je m'étais d'ailleurs étonné qu'il le nomme puisqu'il n'en avait qu'un –, « va au pays de Moriah et là, tu l'offriras en holocauste sur la montagne que je t'indiquerai ». Je m'étais attendu à ce que proteste celui qui deviendrait le père du peuple juif, qu'il défende la vie de son fils, se batte pour elle comme un démon, donne la sienne en échange. Mais non. Il se lève le lendemain de bon matin, la route est longue jusqu'au mont Moriah, il fend du bois, selle son âne, prend avec lui deux serviteurs et son fils, puis s'en va. Après trois jours de marche, les voilà presque arrivés et le père demande à ses serviteurs de rester là, il leur dit : « Moi et le garçon nous irons jusque là-bas pour adorer, puis nous reviendrons vers vous. » En chemin vers le lieu indiqué par Dieu, Isaac qui n'est pas tout à fait idiot dit à son père : « Je vois le feu, je vois le bois, mais où est l'agneau pour l'holocauste ? » Abraham hausse les épaules. « Dieu saura bien trouver l'agneau, mon fils. » Je m'étais demandé si Isaac, que je supposais avoir mon âge, s'était alors inquiété ou réjoui à l'idée d'une surprise. Une fois sur place, le patriarche ligote son fils, le met sur l'autel qu'il vient d'édifier puis il « étend la main et saisit le couteau pour l'immoler ». J'avais crié. Le catéchiste, sûr de son effet, avait souri. Il avait alors expliqué que l'ange du Seigneur était intervenu : « Ne porte pas la main sur le garçon, ne lui fais aucun mal, je sais maintenant que tu crains Dieu. » Isaac a beau ne pas avoir été égorgé – c'est finalement un pauvre bélier « retenu dans un buisson par les cornes » qui fut sacrifié – j'en ai longtemps fait d'affreux cauchemars.

Dans cette histoire, ce qui m'avait le plus perturbé à l'époque, c'est l'importance du silence. Le silence des deux serviteurs qui assistent de loin à la scène mais qui ne disent rien, qui n'interviennent pas. Et surtout, le silence d'Isaac. Il ne proteste pas, il ne crie pas quand son père l'attache, ne hurle pas lorsqu'il voit le couteau au-dessus de sa gorge, n'exige ensuite aucune explication. Il n'a plus aucun mot, il s'est juste tu.

Et je m'étais plus tard demandé comment un père peut sauver un fils qui s'est emmuré dans un tel silence.

VENDREDI

J'attends.

J'attends car je sais qu'après ça sera fini. Il n'y a pas de retour en arrière dans la vie. Pas de bouton qui permet de rembobiner les images : éloigner un couteau de la gorge d'un fils et le rengainer dans son fourreau, pas plus qu'on ne peut remonter sur un plongeoir par la voie des airs et s'y retrouver à nouveau sec, les bras en croix. On ne peut qu'avancer. On ne peut que tomber.

Je me trouve à ce moment de ma vie où j'accepte la chute.

Et l'irréversibilité de la chute.

J'attends, assis sur une grosse pierre, et j'écoute la mélopée du vent dans les branches des platanes chauves. Je frissonne en regardant la lourde porte cloutée que je m'apprête à pousser. Son mouvement créera un appel d'air, affolera les prières et les soupirs empoussiérés. Ils danseront un bref instant dans la lumière multicolore des vitraux avant de s'évanouir sur les dalles, comme des plumes de cendres. Je sentirai sur ma langue leur goût que je connais bien, un goût mat, auquel se mêlent des odeurs de cire tiède, de bois humide, de violette et de suppositoire.

Puis ce sera le silence.

Un silence deux fois millénaire et tellement épais qu'il me faudra ma feuille bien affûtée pour parvenir à l'inciser, lui faire débagouler tous ses mensonges.

Je suis venu de loin pour ça.

Je me lève enfin. Je me dirige vers la petite église, y entre – alors les mots s'envolent, les cendres retombent et je sais, depuis le catéchisme, depuis cette histoire de sacrifice, que le silence est une disparition. À la fin du chapitre, Abraham avait rejoint ses serviteurs et s'en était retourné avec eux à Bersabée. Point final.

J'étais ravi pour lui que le patriarche s'en fût allé retrouver sa maison, sa femme et ses amis, mais qu'était devenu Isaac ? Où était-il passé ?

Il avait disparu.

On s'était servi d'un enfant, on l'avait jeté comme un jouet cassé, comme une défaite, et j'avais franchement trouvé ça injuste et le père catéchiste m'avait franchement trouvé excessif : « C'est une parabole, Édouard, à la manière d'une devinette, tu dois essayer de comprendre ce qu'elle signifie. »

Vendredi

Je m'étais donc tu et j'avais essayé de comprendre pourquoi le silence raconte toujours une immense souffrance, et pourquoi il est tellement difficile de le briser.

Entends aujourd'hui ma colère, Isaac.

Mes mains s'emparent du lourd bénitier, une pierre serrée comme un poing, le descellent, le basculent au sol où il se fend, l'eau consacrée se répand, comme un sang clair, ma bile m'emporte, je frappe une Vierge en bois, je veux ce meurtre, j'en veux mille autres, je fracasse la mère du Christ contre le mur, une écharde poignarde mon pouce mais je ne ressens pas la douleur, mon pied envoie valdinguer l'étagère en fer forgé qui accueille les lumignons, elle est couverte de cire comme des merdes d'oiseaux, quelques flammèches viennent lécher le bois des chaises, font brièvement cloquer le vernis défraîchi sans parvenir à l'embraser, dommage, j'aurais voulu un flamboiement, un enfer, j'arrache des murs les quatorze gouaches du Chemin de croix, dilacère celle où Jésus rencontre sa mère et je crache, piétine celle où il tombe pour la troisième fois, je lance les vases contre les murs, les fleurs tombent, presque au ralenti, et cette beauté m'écœure, je renverse les chaises alignées, démembre les prie-Dieu, arrache les assises d'osier puis m'empare d'un lutrin, le balance en direction d'un vitrail, en vain, trop haut, j'arrache les pages d'un missel, puis celles d'un psautier parce que les livres ne sauvent pas, parce que les livres n'empêchent pas les hontes, ni les meurtres, ni les guerres, parce que les livres sont impuissants à adoucir le monde et je broie les phrases avec mes dents, les recrache et les vomis, les mots ensorcellent, les mots couillonnent ; là, dans une niche, trône une statue de saint Joseph, en plâtre peint aux couleurs criardes, je la jette à terre, j'écrase ses membres, le corps explose, le visage éclate, je veux du sang, j'obtiens de la poussière, même le sang est poussière, je m'avance vers le chœur, détruis au passage la crédence, m'approche de l'autel, le marbre est trop lourd, impossible à basculer ; sur une grande croix un homme de bois est cloué, regard vide, front ceint d'épines, tunique minable autour de la taille, le voilà le rêveur qui voulait changer le monde – laisse-moi rire – mais qui ne fut qu'un fils abandonné lui aussi, je parviens à l'arracher du mur, je le frappe au visage avec une cruche, je frappe, encore, et encore, la terre cuite se brise, un éclat entaille ma main, puis ma joue, et je crie enfin, mes hurlements cognent les pierres, mordent les colonnes, bousculent les agenouilloirs, les encensoirs, font un boucan d'enfer et je ris et je bave ; mes mains saignent, mon visage saigne ; à l'aide d'un chandelier je fracture la porte du tabernacle, j'en extrais le ciboire, les hosties, que je balance au loin, des pétales de cyclamen, des paroles en l'air, toute la chair de celui qui nous a menti, et je me noie, et je ne hurle plus, et je pleure, je suis perdu.

Soudain, la porte de la sacristie s'ouvre et un prêtre apparaît, affolé. Il bondit vers moi, s'agenouille, prend mes mains rougies dans les siennes.

— Oh mon Dieu, dit-il en voyant sa petite église saccagée, pourquoi avez-vous fait cela ?

Je le regarde, je suis un vent contraire, une férocité triste, et je lui demande à mon tour :

— Pourquoi avez-vous fait cela ?

Ne bougez pas, je reviens avec ce qu'il faut, dit-il avant de disparaître dans la sacristie, flanquée derrière le transept.

Je contemple mes mains. Écarlates. Poisseuses. Elles étaient belles, avant. Et je songe qu'elles ne seraient pas différentes si elles avaient plongé dans la poitrine d'un porc pour lui sarcler le cœur.

Je n'ai plus peur du sang depuis longtemps.

Les chairs tièdes, les viandes mortes, les entrailles fumantes et la merde ne m'effraient plus. Enfant, la vue du sang, d'un petit carnage, une bête à l'agonie sur le bas-côté d'une route, à demi dévorée par un renard, me plongeait dans l'effroi. Mon père riait : Ce n'est que de la viande, Édouard, que de la viande, on est tous de la barbaque. Ni plus ni moins. Pas de quoi avoir peur ! Ma mère tempérait : On est davantage que cela, mon chéri, bien davantage. Dieu nous a donné une âme. Et, sans doute pour dompter mes frayeurs, apprivoiser la crudité de la charogne, chaque été depuis mes douze ans, mon père m'a pris auprès de lui dans sa boucherie. Il m'a offert mon premier couteau à désosser, m'a appris l'art brutal d'ôter sa viande à une bête, mais je ne voulais pas de cette vie vermillon. J'aspirais à des choses plus exaltantes, un brin inaccessibles, pilote automobile, écrivain, orpailleur et, plus tard, chercheur en cancérologie parce que le crabe aura déchiqueté le boucher.

À quatorze ans, ma mallette à couteaux était complète : en plus de mon désosseur, j'y comptais désormais une feuille, deux trancheurs, un éplucheur et un fusil. Elle était ma fierté. Parfois, je la dévoilais aux yeux souvent envieux, toujours émerveillés, de mes camarades de classe. Ainsi, à l'âge où l'on collectionne plutôt les vinyles, où l'on fait provision de préservatifs et l'on se cogne aux premières déconvenues, je possédais de quoi dépecer un homme, le faire immensément souffrir. Je savais déjà où enfoncer un couteau à saigner pour trancher un nerf ou larder une gorge – et je ne pouvais m'empêcher de penser à la lame aiguisée au-dessus du cou d'Isaac, à toute cette étrange histoire, car pendant les cent soixante-quinze ans que dura la vie d'Abraham, soit à l'époque le temps de trois vies d'homme, pas une seule fois, vous m'entendez, pas une seule fois, il n'implora son pardon à Isaac d'avoir tenté de l'immoler. Longtemps je fus épouvanté à l'idée qu'un père puisse en toute impunité faire autant de mal à un fils, et plus tard je compris pourquoi le pauvre Isaac devint aveugle, pourquoi il tenta ainsi d'abandonner à l'obscurité l'image d'un père penché sur lui, un poignard à la main.

Le prêtre est de retour – il est jeune, de haute stature, il a un visage plaisant, des yeux d'un vert tirant sur le mélèze. Il s'agenouille auprès de moi, ouvre la trousse des premiers soins, nettoie, retire les échardes qui proviennent du bois de la croix et de la Vierge, désinfecte mes plaies à la Bétadine. Ses gestes sont précis. Délicats. Ses doigts ne tremblent pas. Il bande ma main droite, colle un pansement sur la gauche. Puis il me tend deux comprimés de Doliprane et une petite bouteille d'eau.

La douleur devrait s'estomper dans quelques heures, dit-il. Voulez-vous quand même que je vous conduise chez le médecin ?

Sa voix est douce et rassurante, et j'imagine aisément la paix retrouvée des pécheurs lorsque, dans l'intimité du confessionnal, en échange d'une ou deux prières, il prononce de cette voix amène l'absolution de leurs concupiscences, leurs lâchetés et leurs fautes. Je le regarde. Il est charmant.

Le diable est beau, nous mettait-on en garde au catéchisme ; c'est précisément pour cela qu'il nous tente. Il en va de même pour certaines femmes ensorceleuses, précisait ma mère, et certains hommes venimeux.

Apparemment, vous n'aimez plus trop Notre Seigneur, constate-t-il avant d'ajouter : Sachez que Lui vous aime toujours. Vous pouvez Le frapper cent fois, Le ceindre d'épines, Le percer de clous, Ses bras vous resteront ouverts.

Il soupire.

Vous devez cependant avoir une grande furiosité en vous. Une fièvre. Dieu avait la même lorsqu'Il a chassé les marchands du Temple, précise-t-il avec un sourire triste, mais Il finit toujours par absoudre et tout reconstruire.

Ta gueule.

Nous sommes vendredi. Il est presque seize heures.

Enfant, j'avais de Dieu une image aimable. Une idée presque amusante.

Il était bonhomme – je trouvais rassurantes les deux qualités contenues dans ce nom –, Il flottait dans le ciel, assis sur un gros nuage, des fleurs poussaient parfois dans Sa barbe, mais surtout, Il était disponible à tout moment. On pouvait Lui parler quand on le souhaitait, Lui avouer nos fautes – bien qu'Il les connaisse avant même qu'on les commette. Il voyait tout, que ce soit au travers des brouillards, des orages, du feuillage des arbres, du toit des maisons – ce qui d'ailleurs retardera le moment où j'oserai enfin me masturber pour la première fois.

Ce jour-là, me doutant que nous devions être des dizaines de millions sur Terre à commettre au même instant ce miraculeux péché, je me suis facilement convaincu qu'Il avait sans doute autre chose de plus plaisant à épier – une jeune fille pâle dans une rivière, le premier vol impatient d'une hirondelle.

J'aimais aussi l'idée qu'Il pardonnait tout dès lors qu'on le Lui demandait. Ce qui, je l'avoue, était fort pratique.

Enfin, Il aimait le monde. Il aimait l'eau des sources, le jaune des blés et le souffle du vent, Il aimait les prostituées, les paralytiques, tous les hommes, Il les avait d'ailleurs créés à Son image, et les femmes, à celle « d'une côte tirée de l'homme ». Mais alors pourquoi les guerres. Pourquoi les coups. La lapidation. Les brûlées vives. Pourquoi les inconsolables chagrins. Pourquoi la laideur. Les enfants broyés.

Ma mère avait beau m'expliquer que les hommes s'étaient égarés, qu'ils étaient à l'origine de leurs propres tourments, je soupçonnais les religions d'être les véritables responsables de nos douleurs infinies, les vraies épines plantées dans nos cœurs, et supposais que face au supplice la colère était la seule révolte possible.

Ma mère travaillait au presbytère Saint-Géry, qui dépendait de la paroisse Notre-Dame-du-Saint-Cordon. Je la brocardais depuis que *La Bonne du curé*, une chanson d'Annie Cordy, était revenue à la mode quelques années plus tôt. Mais elle ne se démontait pas et me répliquait : Tu peux te moquer, va, il faut bien qu'il y ait des gens dans l'ombre pour que d'autres soient dans la lumière.

À la cure, elle faisait le ménage, la lessive et la cuisine. Elle préparait le goûter des enfants qui assistaient au catéchisme, dont moi – mais jamais elle ne me gratifia d'une portion plus abondante que les autres au titre que j'étais son fils. Nous sommes tous égaux à Ses yeux, professait-elle.

Elle y priait aussi pour le pardon des péchés du monde – *qui tollis peccata mundi, miserere nobis*, scandait-elle régulièrement en se martelant la poitrine comme si elle y enfonçait un clou en rêvant sans doute, un jour, d'un stigmate de la crucifixion au creux de sa main, tout comme mon père portait sur les siennes celui du sang des bêtes qu'il avait dépiécées afin de nous servir de becquetance deux fois par jour. Mais mon père, lui, avait honte de ce sang. Dans la rue, à l'église, il cachait ses mains dans les poches de son manteau, comme deux difformités.

Chaque jour, le sang des viandes séchait sous ses ongles, s'insinuait sous les cuticules et les cernait d'un rouge tirant sur le violet. Ses doigts semblaient pourvus de petites griffes méchantes et c'est sans doute pour cela qu'il ne caressait jamais ma mère, qu'il ne me touchait pas. Quand bien même il les récurait au savon noir, les brossait, parfois jusqu'au sang, ses mains avaient toujours cette même odeur sèche de rouille, de chairs maturées que quelques gouttes d'eau de Cologne ne parvenaient jamais à tout à fait camoufler.

Il lui semblait porter la mort au bout de ses bras comme d'autres portent de mauvaises nouvelles, aussi ses doigts incarnats n'attrapèrent-ils plus la vie ainsi qu'on cueille une fleur, de peur de la contaminer. Et lorsque le crabe se pointera en marchant de traviole pour qu'on ne le voie pas venir, ils ne tordront pas ses pinces.

Sans la chaleur de ses mains, ma mère avait froid.

Plus tard, j'ai pensé que les mains de mon père m'avaient manqué, qu'elles n'avaient jamais serré les miennes, qu'elles ne m'avaient jamais rattrapé un jour de chute ni recoiffé un jour de vent, qu'elles n'avaient jamais effleuré mon visage comme on le fait parfois, quand certains mots ne parviennent pas jusqu'aux lèvres.

Plus tard, j'ai pensé qu'un père qui n'étreint pas ne façonne pas et qu'on en conserve pour toujours une infirmité. Une sorte d'inachèvement.

On finit par devenir ce que nos parents ont de cassé en eux.

De nouveau le silence.

Quelques poussières dansent encore dans les rayons de lumière, au milieu des corps mutilés, des carcasses de plâtre, des dépouilles de bois. Une joyeuse farandole. Là, une vaillante petite flamme, nourrie par les pages d'un cahier de prières s'attaque vainement au trépied en peuplier d'un clavier. Les gouaches du Chemin de croix ressemblent à des lambeaux de peaux.

À quatre pattes, le prêtre ramasse les hosties consacrées que j'ai jetées comme des gravillons au visage d'un monstre, il rassemble dans la sépulture de ses mains le corps du Christ – ces hosties, dont le nom latin *ostia* signifie victime et dont le fils de Dieu devait être la dernière. On ne devait plus immoler aucun fils après lui. Jamais.

La nef, le chevet, l'ambon ne sont plus que des scènes de guerre encore tièdes. Le prêtre regagne le chœur, s'assied presque face à moi sur la pierre froide, les mains sur sa poitrine, en forme de calice.

Pendant une seconde, j'ai le sentiment qu'il est submergé par le chagrin des enfants, vous savez, ce chagrin irrépressible qui nous apprend très tôt que nous sommes seuls.

Le chagrin fait grandir plus vite pour avoir plus vite de longues jambes et plus vite le fuir.

Par deux fois, j'ai moi-même été emporté par cette sorte de chagrin aussi violent que le courant des baïnes. La première, lorsque mon père m'avait annoncé que ma petite sœur n'avait pas survécu à son arrivée au monde et que l'on allait tout de même devoir lui trouver un prénom – que penses-tu de Ève ? Et, la seconde, lorsque ma mère m'avait annoncé que le démon avait fait son nid dans le ventre de mon père, qu'il fallait être fort désormais, mais que je pourrais toujours compter sur la présence et la bénédiction du Seigneur.

J'attrape à un mètre de moi le ciboire cabossé par sa chute et le tends au prêtre. Tandis qu'il y dépose religieusement le corps émietté – une curieuse mise en terre, sans la terre, sans la poussière, sans le vent ni les larmes –, je suis surpris par la bienveillance de mon geste. Je m'étonne que l'on puisse devenir agneau alors que tout en soi pousse à être cannibale. À devenir anthropophage.

Est-ce la peur de basculer du côté des ténèbres qui me retient encore, la crainte d'apprendre que je chéris l'obscurité, ou est-ce le simple fait de savoir que je vais faire souffrir et que la seule idée de la souffrance que l'on va infliger, sans que l'autre le devine encore, est déjà une jouissance ?

Je me dis que la lâcheté de certains a dû en sauver tellement d'autres.

Entends ici la lâcheté de ton père, Isaac.

Je regarde ce prêtre que j'ai longtemps cherché.

Je n'ai jamais frappé personne. Jamais donné un coup d'épissoir. Ni même un coup de poing.

Je suis fils d'une femme qui m'a enseigné à tendre l'autre joue et à bénir ceux qui nous maudissent. Fils d'un père qui cachait ses mains et ne cognait que des chairs mortes – pour mieux les attendrir.

Je suis fils de deux mille ans de honte. Deux mille ans de cendres sur le front, de cadavres sur le dos. Je suis l'enfant que l'on accueillera toujours, à qui l'on pardonnera toujours car, ici-bas, c'est la repentance qui compte et non l'abomination du crime ; et tant que je ne mordrai pas la main qui me bénit, je serai la brebis égarée, je serai le fils prodigue.

Je suis un fils de la subordination.

Je suis fils d'un peuple qui se tait, se frappe la poitrine en s'accusant de toutes les fautes et baisse la tête et regarde ses pieds pendant l'eucharistie ; je suis fils d'une errance, d'un peuple qui divague et se soumet sans cesse en échange d'une promesse terrifiante. La vie éternelle.

La vie des morts.

Le voilà qui se lève, dépose le ciboire dans le tabernacle dont j'ai arraché la petite porte – une jolie porte sur laquelle est sculpté l'agneau sacrifié, surmonté de rayons lumineux et de nuées –, puis il recouvre l'ensemble d'un conopée avant de se signer. Il allume enfin un lumignon rouge dont la mèche peine à s'enflammer. Et lorsque enfin elle prend, elle vacille, comme le monde autour de nous.

Alors je lui demande :

— Pourquoi lui ? Pourquoi mon fils ?

Benjamin n'était pas le plus beau bébé du monde, malgré sa bouche en chapeau de gendarme et ses longs cils de fille. C'est plus tard, vers six ou sept ans, que ses traits se sont affinés, que son cou, d'abord épais, est devenu gracile, lui dessinant un élégant port de tête.

Un petit Modigliani.

Il est resté de cette beauté-là, de ce charme-là – tout ce qui m'a troublé chez sa mère.

Je l'avais rencontrée chez des amis lors d'une soirée d'anniversaire – une soirée euphorique et braillarde parce qu'elle suivait de peu l'arrivée du nouveau siècle et que celui-ci était passé comme une lettre à la poste, sans qu'un cataclysme ne disloque le monde, sans bug informatique, sans crash d'avion. Et rien, ni les mille six cents réfugiés confinés à Sangatte qui rêvaient d'un siècle meilleur, ni les deux cent cinquante mille cadavres de guillemots de Troïl englués dans le mazout de l'*Erika*, ne nous avait empêchés de rire, de chanter, de boire ou de rencontrer une femme.

Une rencontre banale dans l'ascenseur, en quittant la soirée, des sourires idiots à cause de l'alcool, presque un rire, le trottoir, l'air frais, comme une petite mornifle, la rue déserte, quelques minutes de marche, les épaules qui se cognent, un taxi que l'on partage, un baiser approximatif, des cheveux blond vénitien rejetés en arrière avec un charmant mouvement de tête, une promesse de se revoir, des numéros de téléphone qu'on s'échange. Et l'on se revoit, par curiosité. Et l'on se revoit, pour combler certains vides et parce qu'il est resté quelque chose des sourires idiots dus au champagne. Et nous voilà, quelques rendez-vous plus tard, à nous tenir la main parce que nous adorons tous deux Images, Manau et Ben Harper, et nous voilà à faire l'amour parce que nous aimons les mêmes romans, *Les Champs d'honneur*, *Sa femme*.

Voilà Nathalie.

Avant elle, j'ai connu quelques aimantations, quelques joies et autres approximations, mais aucune d'elles n'a été la bénédiction du ciel qu'attendait pour moi ma mère. Nathalie descendait d'une longue lignée de catholiques pratiquants. Elle comptait même un ancien séminariste chez un cousin *issu de germain* ou *issu de cousin issu de germain*, elle ne savait plus très bien. Aux yeux de ma mère, son métier d'institutrice la plaçait au panthéon de l'une des plus belles promesses d'amour : les enfants. Un tel pedigree l'enchantait. Déclare-toi, me pressait-elle, déclare-toi avant qu'un autre ne le fasse. Je la désespérais puisque je prenais mon temps. Pour elle, le mariage n'était pas qu'une « simple alliance entre un homme et une femme mais l'histoire même des alliances entre Dieu et l'humanité puisqu'il sanctifiait l'union d'un homme et d'une femme et plaçait l'amour des époux au cœur de l'amour de Dieu pour l'humanité » – enfin, si je me souviens bien. Ma mère rêvait également d'une flopée de petits-enfants, elle qui n'avait eu qu'un fils, qu'une maison calme, sans cris à l'heure du bain ni bagarres à celle du goûter, mais Dieu ne lui accordera que Benjamin parce que Nathalie ne m'aimera plus et qu'elle partira.

Lorsqu'elle m'a annoncé qu'elle était enceinte, Nathalie m'a demandé ce que je comptais faire. Cette demande aurait dû actionner une petite alarme dans mon cœur.

Nous nous sommes mariés peu de temps après en l'église du Saint-Cordon. L'homélie, simple et belle, a rappelé notre engagement devant les hommes mais surtout devant Dieu : nous devenions nous-mêmes Église, a sermonné le curé, nous allions nous-mêmes accueillir des enfants, les laisser venir à nous car le Royaume des Cieux est à ceux qui leur ressemblent.

Vendredi. Il est environ dix-neuf heures.

Je lui répète ma question.

— Pourquoi mon fils ?

Il me regarde, toujours bienveillant. Il prend son temps avant de répondre.

— Vous ne manquez pas d'humour. Vous déboulez comme un Sarrasin furieux, vous détruisez mon église et votre seule explication est cette énigme : pourquoi mon fils ? Mais je ne sais pas ni qui vous êtes ni qui est votre fils.

Je prononce le nom de Benjamin et chaque syllabe est comme un coup de rasoir sur ma langue.

— Je ne connais pas de Benjamin.

— Vous ne vous souvenez pas de leurs noms ?

— Pardon ?

— Les gamins que vous baisez, ils n'ont pas de nom ?

Alors le prêtre soupire et sourit.

Continue de sourire et je te charcute la gueule.

— Maintenant, je comprends, dit-il. Vous êtes dans la bonne église mais je ne suis pas le bon prêtre. Celui que vous cherchez a été… déplacé.

Lorsque j'ai dit je veux cet enfant de toi, Nathalie a souri parce que mes mots lui faisaient penser à une chanson qu'elle trouvait débile.

Plus tard, dans la rue, j'avais alpagué les passants en leur disant que j'allais être papa, que c'était merveilleux. J'avais tenté quelques pas de danse dans le bruit de la foule, on m'avait repoussé, on m'avait évité, on m'avait répondu qu'on était bien content pour moi, ouais mon gars, mais des gamins, il en naît huit cent mille par an, alors un d'plus, un d'moins.

Mais c'est le mien, avais-je protesté avec enthousiasme, il changera peut-être le monde !

Ouais, ben c'est p't'êt' le monde qui l'changera, m'avait-on répliqué.

Je n'ai pas eu le temps de demander à mon père s'il avait dansé dans la rue quand il avait appris que ma mère était enceinte, s'il lui avait offert des fraises, des fleurs ou un collier, s'il l'avait emmenée voir la mer en lui promettant que rien ne serait assez grand pour l'enfant – à savoir moi.

Je sais juste qu'il n'a pas osé me prendre dans ses bras le jour de ma naissance, ni plus tard, à cause du sang sur ses mains, que ma mère en avait pleuré, qu'elle lui avait dit c'est ton fils, il aimera tout de toi et tu aimeras tout de lui, et puis moi je les aime tes mains. Mais il n'y avait rien eu à faire, ses pognes n'avaient pas quitté les profondeurs de ses poches et mon père ne m'avait donc pas accueilli dans ce monde, comme on accueille un roi.

J'aurai plus tard pour Benjamin les gestes que mon père n'a jamais eus pour moi. Je tiendrai sa main dans la mienne les jours de grand vent. Je lui ouvrirai mes bras pour lui apprendre qu'un père est un arbre près duquel on peut se réfugier, se cacher les jours de peur. J'aurai ces gestes-là qui sont un vocabulaire quand certains mots ne viennent pas jusqu'aux lèvres. J'étreindrai. Je bercerai. Je réconforterai. Je ferai sa valise très lentement le jour où il partira vivre avec Nathalie dans les Ardennes et, avant qu'il ne monte dans la voiture, je lui dirai que je l'aime, je lui répéterai pour la millième fois que je l'aime, plus que tout. Je lui promettrai de le voir souvent – vous n'êtes qu'à deux heures de route d'ici –, que je resterai toujours son papa. Et il aura déjà ce regard de gamin déchiré qui me poignardera et, quand il disparaîtra au coin de la rue avec sa mère, emportant toute notre vie qui n'aura pas été vécue, toutes ces promesses, je penserai avec désespoir que ma prodigalité d'amour et de prévenance n'aura pas suffi à protéger mon fils ni à lui donner la force suffisante pour se défendre du mal qu'un jour on peut nous faire.

Aimer quelqu'un peut l'ébrécher, je le sais maintenant.

Alors je répète le prénom de Benjamin – et je pleure.

Il s'agit du père Delaunoy, dit-il. Moi, je suis le père Préaumont. Il a été réaffecté, il y a presque trois semaines maintenant, à une paroisse de la Meuse, la paroisse Saint-Jacques-de-l'Aire, à cent cinquante kilomètres d'ici. C'est ainsi que l'Église procède. Ne bougez pas, je vais vous montrer.

Il se lève, se dirige vers la sacristie.

Je contemple le chœur vandalisé, les chaises démantibulées, cette impétuosité de moi, que je ne connaissais pas, ce langage qui a intégré la violence et a franchi les limites de ma civilité.

Il revient vite, un papier à la main, qu'il brandit comme un trophée.

C'est une copie de la lettre que l'évêché a adressée au père Delaunoy, précise-t-il.

Ses yeux semblent glisser sur les premières phrases. Ah. Voilà. « Nous vous signifions votre changement de paroisse afin de circonscrire les rumeurs. Nous accréditerons l'idée que votre éloignement est lié à une maladie, que vous avez besoin de vous établir dans une région plus verdoyante, si possible près d'une eau thermale. » Il semble sauter une ligne ou deux, poursuit : « L'Église continuera à vous financer et à vous loger mais… » Il lève les yeux, me regarde pour bien souligner l'importance de ce qui va suivre. « … mais vous recommande », écoutez bien, insiste-t-il, c'est là, « vous recommande d'être discret, d'éviter de vous afficher seul en compagnie de garçons venant des classes de catéchisme ou des camps de vacances. Nous devrons faire procéder à votre évaluation psychologique pour éteindre quelques feux mais, rassurez-vous, elle sera opérée par une société amie. Enfin sachez que l'évêché se tient à votre disposition en cas de besoin et que tout le nécessaire a été fait pour que ni la population ni la police ne puissent soupçonner quelque indignité, blabla, recevez, mon père, et cætera, et cætera. »

J'ai envie de dégueuler. De tuer.

Il replie la lettre.

Vous êtes si pâle, je vais vous chercher un verre d'eau.

Je reste seul sur mon champ de bataille.

Delaunoy. Ainsi, voici le nom du supplicieur de mon fils. Un nom enraciné dans le latin *alnus*, qui désigne un endroit planté d'aulnes. Un lieu qu'on suppose paisible. Et voilà qu'un cri me déchire le ventre, me brûle la gorge, me lacère la langue mais ne parvient pas à franchir mes lèvres et je comprends soudain ton silence, Isaac, frère de Benjamin.

Je comprends soudain les pierres sur ton ventre, le plomb sur ta langue. Le silence est le pire des aveux, et je sais à cet instant combien il est difficile d'en sortir autrement qu'en devenant un bourreau à son tour, une ordure, une épouvante.

Toi, Delaunoy, ogre des aulnes, mon couteau va te pénétrer comme tu as pénétré mon fils, te déchirer le ventre comme tu as déchiré le sien. Le mal que tu lui as fait doit t'être rendu car la justice est l'équilibre. Elle ne peut être que le contrepoids du mal – faute de quoi elle ferait des victimes des errants sur la Terre. Des noirceurs. Regarde-toi, Isaac. Regarde en ton abîme. Il faut parler, il faut crier, car qui ne parle pas, qui ne crie pas laisse triompher le monstre et devient son propre assassin.

Mais toi, tu t'es tu.

Tu t'es tu après avoir échappé au coutelas de ton père.

Tu t'es tu durant toutes ces années pendant lesquelles ton bourreau s'est régalé en toute impunité de dattes et d'olives, de vin et de *kikar*, de la bouche de deux femmes, de la croupe de cent concubines et de l'haleine parfumée de Dieu.

Tu t'es tu lorsqu'il a fait pour toi quérir une femme dans la ville de Nahor, ce qui m'avait choqué car tu avais alors déjà plus de cinquante ans, et je supposais qu'à cet âge de maturité tu aurais dû être capable de draguer toi-même.

Tu t'es tu lorsque Rébecca devint ta femme dans la tente de ta mère. Tu t'es tu après avoir braquemardé son intimité. Tu ne lui as pas, dans ce doux abandon passé l'amour, dit ce que tu ne parvenais pas à dire depuis ton enfance, ces quelques mots les plus tristes qui soient : Mon père m'a fait du mal.

Tu t'es tu, Isaac.

Et l'histoire ne t'a prêté aucune parole à transmettre, des siècles et des siècles plus tard, à Benjamin, ton frère. Il ne reste rien de tes frayeurs dans la Genèse. Il n'y est fait mention d'aucune réparation à la violence que tu as subie – il est vrai que dans la Bible on se soucie fort peu de la parole des enfants, ils n'ont que des devoirs d'obéissance et donc de silence. Écoute ce que dit l'Ecclésiastique : « Meurtris-lui les côtes tant qu'il est petit, de crainte que, dans son entêtement, il ne te désobéisse[1]. »

Tu n'es plus qu'une ombre, Isaac, une victime muette – n'appelle-t-on d'ailleurs pas ta tragédie « Le sacrifice d'Abraham » alors que c'est du tien dont il s'agissait ? Moi, je crois que si le crime commis sur toi avait été reconnu, si ton père avait eu la main criminelle tranchée, tes lèvres se seraient décousues, des mots en seraient sortis qui, comme la corde d'un puits, t'auraient arraché au silence tout comme tes millions de frères qui par la suite ont connu le même sort.

Alors je crois, Isaac, frère de Benjamin, je crois, Benjamin, frère d'Isaac, qu'il faut tuer ceux qui vous

1. Ecclésiastique (ou Siracide) 30:12.

ont tués pour que le monde se rééquilibre, pour que vos plaies se partagent, pour que vous rendiez le mal qu'on vous a fait, et que vous en soyez défaits.

Le prêtre est revenu.

Il me tend un grand verre d'eau fraîche. Comme mes mains tremblent, il le porte à ma bouche. Mes lèvres se crispent et le liquide roule sur mon menton, glisse dans mon cou. L'eau est froide comme l'acier, son ruissellement est fin comme une lame. Elle noie pour un instant le feu en moi.

Puis Préaumont pose sa main sur mon épaule. C'est un frère. C'est un père.

Je comprends cette nausée, dit-il. Mon Dieu, comme ils sont difficiles à trouver les mots pour une telle infamie. Je sais que la paix disparaît quand triomphe l'injustice et que l'injustice est le tombeau de la prière. Ce qu'a fait le père Delaunoy est une abjection, une tragédie. C'est la ruine de toute notre Église, et ce que fait l'Église, tout comme les mères qui savent et se taisent, est un crime.

Et il répète. Un crime.

Au recto.

Une reproduction de carte postale ancienne, un noir et blanc tirant sur le sépia. On y voit une église trapue, trois vitraux latéraux, un clocher court, une horloge carrée qui indique quatorze heures seize, un petit arc de triomphe encastré dans le mur, tel un fossile. Derrière l'église, le bâtiment de la colonie scolaire. Sur la gauche de l'image, il y a deux autres maisons et devant l'une d'elles plusieurs stères de bois. Au milieu de la place se tiennent quatre femmes, deux hommes, dont l'un prend appui sur un bâton, et une personne de petite taille dont on ne sait si elle est un enfant ou un crapoussin – ils nous regardent tandis que passe devant eux un troupeau d'oies d'engraissement.

En haut à gauche, la légende précise : *5. MANDRES-SUR-VAIR (Vosges). L'Église et la Place (côté Est) – A. P.*

Au verso.

Cinq lignes d'une périlleuse inclinaison vers la droite, elles disent : *Cher papa, je suis bien arrivé à la colonie. On joue beaucoup. On fait des chants. Les pères sont très gentils. Je n'aime pas les tomates crues. Benjamin.*

Binyāmîn, susurre-t-il, fils de la droite ou de la fortune, douzième fils de Jacob et second fils de Rachel. Quel âge a le vôtre ?

Dix ans.

Oh mon Dieu, murmure-t-il effrayé, quelle violence. Et comment va-t-il ?

Je suis épuisé de répondre que mon fils ne va pas bien alors je dépose à ses pieds les mots, comme une reddition.

Je dépose *chagrin, violence, honte*. Puis *culpabilité, vomissements, algies pelviennes*. Et je dépose enfin *silence*. Le silence, comme une prison.

Le père Préaumont est horrifié en les ramassant, comme il le sera plus tard en recueillant les morceaux des corps éparpillés, comme après un attentat-suicide, ici une jambe arrachée, là une tête décapitée, une main brisée, un torse disloqué, tous les éclats de ma guerre.

C'est effrayant ce mal, dit-il. Il est partout. Pas seulement dans l'Église, mais dans les familles. Il est commis par des pères, des oncles, des voisins, parfois même des frères. C'est terrifiant de penser que certaines parts d'hommes continuent à nourrir le chien mauvais en eux. J'ai beaucoup de peine pour votre fils, beaucoup de peine pour vous et je voudrais m'excuser.

Il dit je vous demande pardon, au nom du père Delaunoy, au nom de Notre Seigneur Jésus-Christ.

Mais je secoue la tête. Non, non, le pardon est la cause. Et mon calme m'effraie quand j'ajoute : Je ne veux pas de votre miséricorde, pas plus que de vos prières, je veux Delaunoy ici, maintenant, dans cette église, je veux le regarder, je veux voir ces mains qui ont souillé mon fils, ce corps qui l'a écrasé, je veux l'entendre et je veux l'égorger comme un pourceau, je veux un tapis de son sang.

Je comprends, dit-il, mais je vous l'ai expliqué, il n'est pas ici, il a été affecté près de Verdun, une petite commune, à deux ou trois heures de route.

Appelez-le. Dites-lui de venir.

Le prêtre s'approche de moi, la main tendue – il me fait penser à un négociateur dans une prise d'otages mais je ne sais lequel de nous deux est le prisonnier.

Vous ne voulez pas attendre que votre colère soit retombée ? suggère-t-il.

Est-ce qu'il a, lui, attendu que son désir soit retombé avant de violer mon fils ?

Ma question aussitôt m'affaiblit. Les mots crus de l'ignominie cabriolent dans la nef, reviennent en flèches pour transpercer mon cœur. Mes larmes redoublent.

Je suis seul dans ma douleur.

Benjamin, frère d'Isaac, est seul dans son silence.

Les fils sont des égarés.

Préaumont m'entoure un instant de ses bras. Son corps est chaud. « Ne crains rien, car Je suis avec toi, Je te fortifie, Je viens à ton secours[1] », murmure-t-il.

Je ne me souviens pas que mon père m'a une seule fois ainsi réconforté dans son étreinte.

Sa voix est douce lorsqu'il dit qu'il sait ma violence, et qu'il la comprend.

Dieu est aussi là pour qu'on Lui casse la gueule, ajoute-t-il dans un sourire pâle. Il est là pour souffrir avec vous.

Et je le remercie, et je tremble, comme un enfant qu'on vient de rattraper. De sauver une première fois.

Je suis devenu prêtre pour réparer, poursuit-il. Pour combattre et pour jeter à la mer[2]. Ce que ces hommes font aux enfants est inexpiable. Ceux qui les font trébucher doivent à leur tour trébucher. C'est pour cette raison que j'ai dénoncé le père Delaunoy, renseigné ses agissements avec les enfants, afin qu'il soit arrêté. Mais l'Église n'est pas prête encore. Elle se protège. Dissimule. Elle complote. Je vous ai lu la lettre qu'on lui a adressée en son nom, cependant je sais que cela changera. Un jour. Bientôt.

1. Isaïe 41:10.
2. Matthieu 18:6.

Je ne pleure plus.

Il sourit, se lève, ramasse deux missels, un lectionnaire sanctoral, examine tristement les dégâts irréparables que je leur ai causés.

En attendant, demande-t-il, que diriez-vous que nous remettions mon église en ordre ?

Je le regarde.

En attendant, que diriez-vous que nous appelions le père Delaunoy ?

J'avais bien sûr cherché à savoir ce qu'était devenu Isaac, et je l'avais retrouvé, alors âgé de soixante ou soixante-dix ans, dans la contrée du Midi, à Guérar précisément, entre Kadès et Sur, où une famine l'avait chassé.

Là, après une période indéterminée, et avec l'aide d'un roi, il était devenu assez riche. On parle ici d'« importants troupeaux de gros et de petits bétails ». Alors ce qui, au nom de la jalousie bien ancrée dans le cœur des hommes, devait arriver, arriva. Les Philistins autochtones virent cette réussite d'un mauvais œil et s'employèrent à détruire les puits d'Isaac en les remplissant de caillasses. Isaac partit dans la vallée et se mit à y creuser d'autres puits, et encore et encore, et je m'étais alors demandé, sans oser partager mes questions avec le père catéchiste, si c'était en lui qu'il creusait, si c'était au fond de lui qu'il cherchait l'eau dont on l'avait privé, au fond de lui la lumière qu'on lui avait volée ou simplement s'il creusait cet abîme de silence dans lequel il n'aurait plus jamais peur de la lame d'Abraham son père, ou simplement s'il creusait une voie vers le ventre infécond, où il voulait se réfugier, de Sarah sa mère, creuser pour retourner aux limbes bienheureux d'avant son holocauste.

Et plus tard, je me suis demandé comment il avait pu rester vivant aussi longtemps.

Vous devez avoir faim.

Il est tard. Préaumont m'invite à passer dans la sacristie, laquelle est ici bien davantage qu'« un lieu de préparation matérielle et spirituelle en vue de la célébration » puisqu'on y compte une véritable cuisine – ma mère adorerait –, deux petites chambres et une salle d'eau bien équipée.

Sur le mur, au-dessus de la réserve des cierges, sont accrochés un portrait de François, un autre de l'évêque du diocèse. Je les décroche. Le prêtre ne fait rien pour m'en empêcher – il sait mon tourment. Je les fracasse contre le mur, le verre explose, mille étoiles brillent. Mais lorsque je m'empare d'un crucifix en bois de taille moyenne qui représente le *Christ endormi dans le sommeil de la mort* – ah, la roublardise des mots ! –, il tente de s'y opposer.

S'il vous plaît, dit-il, il me vient de ma grand-mère lorsque je suis entré au séminaire. Je vous en prie, ce Christ est dans notre famille depuis plus de deux cents ans, il a été récemment consacré par le cardinal Barbarin.

Ma main se resserre sur le corps maigre du fils de Dieu, comme elle le ferait avec un chaton nouveau-né. Je voudrais le tuer une nouvelle fois. Mais je repose l'objet parce qu'en cet instant il ne représente plus Celui qui laisse les hommes danser le mal, il n'est que le souvenir de l'admiration d'une grand-mère pour un petit-fils devenu prêtre, un homme que révolte la violence faite aux enfants, un homme qui connaît ma peine et cherche à m'en délivrer.

Un homme bon.

Le père Préaumont pousse un bref soupir et un sourire éclaire son visage.

Je pense, dit-il, que Lui comme moi avons tout à fait compris votre fureur, il n'est donc plus nécessaire de tout détruire ici. Le message est bien passé. Ah, à propos de message, j'en ai laissé un sur le répondeur du père Delaunoy. Il devrait nous rappeler.

Puis il ouvre un placard. Annonce : sardines, lentilles et vin de messe, un ventoux correct. Je souris intérieurement en me remémorant avoir appris au catéchisme qu'il y avait une soixantaine de repas évoqués dans l'Évangile, tandis – ça, je l'avais découvert bien plus tard – qu'on faisait l'amour plus de huit cents fois dans l'Ancien Testament, l'arrivée du Fils de Dieu sonnant apparemment la fin de la récré, la fin des plaisirs de la chair au profit de ceux de la chère ; ne donnera-t-il d'ailleurs pas son corps à manger plutôt qu'à aimer ?

Je n'aime pas les sardines. Elles me rappellent la cantine de la pension où je fus envoyé quand le cancer commença à déguster mon père. Les camarades se moquaient car je répugnais à avaler la tête d'un poisson, fût-elle minuscule, ses arêtes et ses fines écailles. « Édouard est un prouteur, Édouard est une flipette », se moquaient certains. Je continue pourtant aujourd'hui à les dépiauter, en général avec habileté – sauf à présent à cause de ma main blessée – et, comme on suce la moelle d'un petit os, n'en aspire que les insignifiants filets de chair.

Il me regarde faire, retient un sourire nostalgique.

Je suis moi aussi allé en pension, dit-il. Je ne sais pas pour vous, mais ce fut un endroit curieux pour moi.

Ma mère finissait de ranger la vaisselle que j'avais essuyée avec elle un peu plus tôt – j'ai toujours aimé ce moment de complicité muette entre nous, nos gestes précis, nos regards bavards.

Mon père était parti se reposer sitôt le dîner terminé. Il avait juste goûté aux choses, sans appétit, picoré sans conviction, et n'avait même pas réagi au compliment de ma mère sur sa poire, ce morceau situé juste au-dessus de l'araignée.

Depuis quelque temps, le boucher était devenu taiseux. Il avait perdu beaucoup de poids ainsi qu'une grosse poignée de cheveux à l'arrière du crâne, son teint avait viré au poussiéreux et j'avais, depuis, perçu l'inquiétude dans le regard de ma mère, remarqué qu'elle se retirait plus fréquemment dans sa chambre.

Pour prier, je suppose. Et pour pleurer.

Elle me demanda de m'asseoir, face à elle, prit mes petites mains – les siennes, fines et pâles, sentaient l'églantine et l'assouplisseur, le pain azyme et l'encens. Sa bouche tremblait parce que les lèvres sont faites pour les baisers, pour les réconforts, non pas pour les méchantes nouvelles.

Ton papa, commença-t-elle.

Je sais, l'interrompis-je.

Elle poussa un long soupir, du rose réapparut à ses joues et je sus en cet instant qu'une de ses prières venait d'être exaucée.

Puis elle se leva, mit du lait à chauffer – nous avions pour habitude d'en boire une tasse avant d'aller dormir –, et m'informa que je finirais mon année scolaire au pensionnat, un collège de très bonne réputation, tenu par des Jésuites, où j'aurais tout loisir de prier pour le rétablissement de mon père et d'envisager, pour perpétuer sa mémoire, de reprendre sa boucherie si d'aventure Dieu, dans ses multiples occupations, n'entendait pas mes adjurations.

Quant à elle, mon départ lui laisserait le temps nécessaire que l'état déclinant de mon père allait désormais exiger d'elle.

On parle d'une disponibilité sans faille, Édouard, de nuits éveillées, et sans sommeil, j'ai vu des dames du diocèse, des dames très bien, avoir la tête qui se mettait à tourneboulet. Mais, ajouta-t-elle, aimer, n'est-ce pas se sacrifier à l'autre ?

Non, maman, je ne crois pas. Être aimé, c'est être sacrifié.

Mais je ne répondis pas parce que je ne voulais pas parler d'Isaac, mon frère. Parce que je n'avais pas encore éprouvé les mensonges de l'amour, la confusion du désir, ni été écorné par la trahison de Nathalie.

J'entrai donc en cours d'année au collège Saint-Nom-de-Jésus et apparus aux yeux de mes camarades comme une sorte d'ovni, un enfant anormal, au sujet duquel couraient cent rumeurs plus extravagantes les unes que les autres. Je clarifiai ma situation d'un double pieux mensonge, « Mon père vient de mourir et ma mère est très malade », qui fit taire les commères et me valut même la sympathie accablée de quelques-uns.

Pauvre vieux. Ça doit être dur d'être orphelin. Je te plains.

J'apprenais en classe les noms des capitales de pays où je n'irais jamais, le PIB de l'Irlande, l'expérience de Lavoisier et les flux migratoires dans le monde, tandis qu'à deux cents kilomètres de là le crustacé se nourrissait des tripes de mon père, tout comme il nous avait nourris de celles des bêtes.

L'éternelle histoire de l'arroseur arrosé.

La confession était obligatoire, au minimum deux mercredis par mois.

Dans la chapelle où nous attendions notre tour, un père nous remettait une feuille de format A5 sur laquelle était imprimée une liste non exhaustive de péchés que nous aurions pu commettre et avoir oubliés. Je n'ai pas écouté en classe. J'ai été jaloux de quelqu'un. Envieux de quelque chose. Je n'ai pas partagé mon goûter avec celui qui n'en avait pas. J'ai volé le compas de mon camarade. J'ai menti.

Bref, tout était prétexte à débusquer des péchés afin de les pardonner.

Car tout est là, dans cette escroquerie, dans cette mystification. Le pardon permet l'infamie. Le pardon autorise toutes les abominations.

Il est la semence du mal.

L'épine du monde.

« Je vous le dis en vérité, tous les péchés seront pardonnés aux fils des hommes, et les blasphèmes qu'ils auront proférés[1]. »

1. Marc 3:28.

Je me souviens de ces nuits, dans les dortoirs.

Des petites ombres filaient – une chorégraphie d'étoiles. Les unes rejoignaient les autres. Des lèvres se goûtaient comme elles goûtaient les roudoudous ou les soucoupes cola à l'heure de la récréation. Des rires étaient bâillonnés. Des doigts clairs, comme de minuscules orvets, parcouraient avec appréhension, et excitation, l'incertaine géographie du corps de l'autre, tremblaient lorsqu'ils en attouchaient le pénis et que celui-ci durcissait – c'était alors quelque chose de beau, et de pur, nos chastetés enfantines, quelque chose qui nous appartenait, qui n'était entaché d'aucune arrière-pensée, d'aucune malice, juste des émotions pâles.

Et voilà que les adultes avaient surgi, puis envahi et contaminé nos jardins d'enfance. Les voilà, affamés, avec leurs odeurs fauves. Les voilà, avec leurs mains épaisses, leurs doigts impérieux, leurs sexes sombres, immenses, qui de nous brûlent tout à l'intérieur. Nous sommes à peine sortis du ventre de nos mères que des hommes s'installent dans les nôtres.

Ils proclament notre faiblesse, pointent notre incapacité à nous défendre du mal, affirment que nous ne serons jamais des guerriers, jamais plus des hommes aux yeux de nos mères. En nous sabordant, ils ont fait de nous des orphelins, des inutiles au monde.

Alors, la nuit, aux chorégraphies d'étoiles s'étaient substituées des danses tristes. Des mômes poussés aux pieux des hommes. Des corps cambriolés.

Un ballet de petits gibiers.

Nous savions.

Untel de cinquième dans la loge du surveillant. Untel de sixième, enfant de chœur attitré du père B., qui s'était mis chaque nuit à faire pipi au lit. Tel autre, de ma classe, qui refusait en hurlant de se déshabiller à l'heure de la douche qu'il prenait alors en slip, honteux, sous les railleries des ignorants.

Nous savions et nous n'avons rien dit parce que dire était faire exister l'horreur, donner une odeur au sang.

Ni mon père ni ma mère ne m'avaient jamais entretenu des abjections qu'un homme est capable de commettre sur un enfant. Ils devaient eux aussi penser que le silence est une forme d'ignorance et que « passer sous silence » était garder son passé sous silence.

Ils devaient eux aussi penser que le silence est le recueillement de la honte.

Un verbe antérieur au mal.

Mais existe-t-il une parole qui garderait le silence ?

Une fois adulte, j'ai commis la même erreur que mes pères.

Je n'ai pas entretenu mon fils de la laideur et des dangers du dehors parce qu'il est inutile de placer des mines dans les jardins de l'enfance. Je lui ai au contraire enseigné la générosité, la bonté, l'amitié, en lui rappelant que malgré notre éloignement je serais toujours là pour le protéger.

Sans le savoir, je lui mentais déjà puisque je ne serai pas là aux heures de l'horreur et de la souillure. Puisque je serai sourd à ses silences, aveugle à sa bouche devenue sépulcre, car on n'avoue pas son déshonneur à un père sourd et aveugle qui vous a menti. On ne parle pas de son innommable sentiment de culpabilité qui dévaste tout, car on a alors basculé dans le monde du silence où l'on est seul à jamais.

Et à cause de cette idée de réclusion infinie, j'ai eu plus tard une pensée triste pour Isaac, fils de l'Immolateur et frère de silence de mon fils, parce que je me suis souvenu qu'il lui avait été donné de vivre cent quatre-vingts ans, soit le temps de quatre vies d'homme, et j'avais trouvé cette peine bien longue et bien inhumaine pour la victime d'un crime que nul ne reconnut jamais.

Et cette pensée que j'ai eue était que, pour lui, vivre avait été pire que mourir.

Et j'ai alors commencé à l'aimer comme un fils.

Je vous ai préparé le second lit car je suppose que vous n'en avez pas fini ici, tant que vous n'aurez pas vu le père Delaunoy.

Tant que je n'aurai pas marché sur un tapis de sang, vous voulez dire.

Il soupire.

Je comprends la perdition d'un père dont le fils a été meurtri.

Il semble soudain mélancolique.

Lorsque des camarades de pensionnat ont découvert que j'écrivais des poèmes – des trucs de *pédale*, disaient-ils –, ils m'ont fortement malmené. Un week-end, je suis rentré couvert de contusions et j'ai prétendu avoir pris quelques mauvais coups en cours de boxe, mais mes parents ne m'ont pas cru. Ma mère a pleuré en découvrant mon corps bleui et mon père, comme vous dans mon église, avait dans notre cuisine cassé beaucoup de choses en criant : Je vais buter ces petits cons, je vais tous les buter ! Je lui ai alors opposé que cela ne ferait qu'envenimer les choses, qu'on me frapperait davantage et il s'est calmé. Il s'est ratatiné sur une chaise, à la manière d'un bandonéon, il a caché son visage dans ses grosses paluches et sangloté un bon moment, puis il a demandé alors c'est ça ? C'est donc ça ? Il faut laisser le mal faire le mal jusqu'à ce qu'il s'épuise ? Il faut donc se taire. Toujours se taire ? Mais à quoi sert un père s'il ne peut pas venger son fils ?

Je me suis approché de lui, je l'ai serré dans mes bras en lui disant qu'il était un bon père, qu'il l'avait toujours été, qu'il m'avait protégé en empêchant la haine de s'installer dans mon cœur.

Ses yeux brillent. Il laisse, comme une brume s'évapore, ce souvenir s'évanouir.

Je sais, ajoute-t-il, que cette histoire est négligeable par rapport à ce que le père Delaunoy a fait à votre fils, mais elle raconte le même amour des pères.

Vendredi. Bientôt minuit.

Nathalie s'est vite aperçue qu'une flammèche ou une cendre chaude suffisait à mon embrasement. Je n'étais pas de ceux qui doivent vivre dans la passion, dans cette incandescence qui fond les peaux, fusionne les vies. Mauvaise pioche. Nathalie était de cette combustion-là. Elle n'alimenta donc pas le feu de notre mariage et préféra, plus tard, se consumer dans d'autres bras.

Nous nous étions mariés parce que Benjamin allait naître et qu'il était inenvisageable, dans nos deux respectueuses familles catholiques, de penser à l'avortement – un embryon est déjà la vie, disait ma mère, l'idée de la vie est déjà la vie –, ou d'imaginer, ne serait-ce qu'une seconde, une naissance hors mariage.

Nous n'avons donc pas eu, Nathalie et moi, le temps de jouir d'une vie à deux, le temps de la peau et du sexe audacieux ni le loisir de grasses matinées, de voyages impromptus, d'ivresses et de Pergolèse à plein volume au cœur de la nuit – toutes ces précieuses provisions de souvenirs pour plus tard les jours de grisaille. Nous avons été des parents avant d'avoir été un couple, nous avons reporté toute notre tendresse sur ce petit bonhomme, nous nous sommes épuisés à tour de rôle à le veiller la nuit, terrifiés que nous étions par un reportage télévisé sur la mort subite du nourrisson. Nous sommes devenus ternes, nous avions la langue sèche de l'épuisement, nos baisers se sont faits plus rares, nos caresses aussi. Parfois des mots crus s'échappaient, se jetaient au visage de l'autre et l'entaillaient.

Nous le devinions sans le savoir encore : le feu mourait.

Nathalie a bientôt repris son poste d'institutrice – une nouvelle affectation à sa demande, à quarante kilomètres de la maison. Certains soirs d'hiver, prétendument à cause du verglas, elle préférait dormir sur place, chez une collègue. Ainsi ma mère est-elle venue plus souvent s'occuper de son petit-fils, et de son fils – je lui découvris alors avec Benjamin les gestes parfaits et patients qu'elle avait dû avoir pour moi, et j'en fus bouleversé.

Nous avons été très proches pendant cette longue période. Elle me parlait de sa propre mère que je n'avais pas connue, « une authentique sainte » – elle aurait guéri un impétigo par imposition des mains, mais le diocèse octroya ce miracle à une crème antibiotique. Elle me raconta son grand-père qui avait travaillé pendant vingt ans à la fosse Saint-Mathieu, à Lourches, vingt ans à réchapper chaque soir du ventre de la terre, charbonneux comme un diable, et autant d'années passées à se débarbouiller l'intérieur à grands coups de mélasse et de genièvre jusqu'à sombrer dans la folie. Ma mère retraçait nos vies jusqu'à celle de mon fils, comme on retrace l'histoire d'un peuple, fût-il dérisoire, et pour la première fois il me sembla avoir une histoire plus ample que moi, n'être pas seulement une simple goutte d'eau mais l'affluent d'une rivière.

Dans mes prières le Seigneur me parle, m'avoua-t-elle un soir. Il me dit ta souffrance avec Nathalie. Et moi, Édouard, je te dis qu'il faut deux parents à un enfant, sinon, il boite.

Quand Nathalie me quitta tout à fait pour s'installer dans les Ardennes avec un professeur d'EPS, Benjamin avait presque sept ans.

Il boitillait déjà, mais je n'ai rien vu.

Au recto.

Si l'on remplaçait « rivière » par « lac », on pourrait penser que cette carte postale a été créée par Rimbaud. En amorce de l'image, des buissons sauvages composent un « trou de verdure » piqueté de hautes fleurs tirant sur un rose cuisse de nymphe. Çà et là, quelques taches rouges qui sont à coup sûr des coquelicots. Au milieu de toute cette verdure bruit un lac d'un bleu d'encre délavée qui donne envie de s'y baigner. Cinq voiliers aux voiles blanches glissent sur l'eau, deux d'entre eux ont un foc orange vif. Autour d'eux bourlinguent une demi-douzaine de barques ou petits canots. De l'autre côté du lac, s'étale un village de maisons blanches, semblable à des osselets qui auraient roulé jusqu'à la rive et, en arrière-plan, des montagnes arborées de conifères forment la partie haute de ce « trou de verdure ». En haut de la photographie, la bande de ciel est d'un bleu d'été, à peine griffée par un étroit cumulus, comme un long soupir.

En bas à droite, la carte est signée IRIS, un logo qui évoque une petite couronne.

Au verso.

Une légende indique : *88. 196. 248 – LES VOSGES PITTORESQUES – GÉRARDMER. Le Lac vers Ramberchamp.*

À droite, dans la partie réservée au destinataire, il est juste écrit : *Papa*, et mon adresse.

À gauche, trois mots, qui semblent chuter : *Viens me chercher.*

Tout à l'heure j'ai remercié Préaumont pour sa bienveillance et sa piété, son amour aussi, et même pour ces sardines que je déteste. Nous avons ri pour la première fois, des rires clairs, contagieux – et pour un instant, il m'a semblé avoir un frère, tout comme toi Isaac tu avais eu un demi-frère nommé Ismaël, fils d'Agar, la servante égyptienne placée par Sarah la stérile dans la couche de ton père Abraham, et engrossée par lui. Je m'étais souvent demandé si vous aviez joué ensemble, ton demi-frère et toi, épié à la rivière les dargeots des femmes et cherché à apercevoir leurs moutonneuses intimités, si tu avais pour lui brisé ton silence, rembarré ta frayeur et laissé surgir quelques mots qui t'auraient aidé à supporter tes ulcérations.

Puis nous nous sommes séparés pour la nuit, Préaumont et moi. Il est allé dans sa chambre, je suis resté dans la sacristie.

Sa lumière est éteinte à présent et tout est silence.

Au sol, près d'une plinthe, brasillent faiblement les débris de verre des cadres brisés. On dirait de minuscules makibishis cristallins. Je rêve d'y écraser la gueule de Delaunoy.

Je l'attends.

Je n'abandonnerai pas au silence mes fils, Isaac et Benjamin. Je me sers un verre de ce ventoux correct qu'un tour de passe-passe transforme le dimanche en sang du Christ, « le sang de l'Alliance, répandu pour la multitude en rémission des péchés[1] ». On boit et pfiou, on est pardonné. Mais je connais depuis longtemps l'enseignement qui dit que « tu paieras vie pour vie, œil pour œil, dent pour dent et main pour main[2] ». Et toi, l'ogre des aulnes, tu es impardonnable. Le livre de l'Exode n'appelle pas à la vengeance mais à une forme de réciprocité souhaitée par Dieu afin de garder équilibrées nos relations et que chacun se considère comme quitte – la peine que je vais t'infliger devant être à la mesure du dégât que tu as causé.

Je t'attends.

J'ai sorti mon vieux couteau à désosser et l'ai posé là, sur le bureau de Préaumont. Je contemple la lame, comme si elle était vivante, imprévisible. Mon père m'a enseigné l'art de s'en servir.

C'est comme de la chirurgie, plaisantait-il, mais à l'envers. Regarde. D'abord, tu coupes le tendon, puis

1. Matthieu 26:28.
2. Exode 21:23-25.

tu suis la séparation anatomique du jarret du nerveux de gîte, si tu doutes, laisse faire ta lame, elle trouvera toute seule, tu déjointes au niveau de la jonction du tibia et de la tête de fémur, ensuite tu coupes le périoste, puis le nerf, et tu y es.

J'imagine que pour les doigts d'un porc, c'est la même chose.

Sur le bureau de mon bienfaiteur, je trouve un recueil de fiches à destination des sacristains. En le feuilletant, je tombe sur cette perle. Liste des objets indispensables dans la sacristie.

1. Tire-bouchon. 2. Allumettes ou briquet. 3. Une queue-de-rat. 4. Un couteau. 5. Une pince à charbon.

Sans réfléchir, j'ouvre le tiroir, écarte quelques enveloppes, toutes adressées au père Geoffroy de Préaumont, puis aperçois quelques photographies d'enfants, visiblement en colonie de vacances. Ils ont la peau hâlée, ils sont beaux et fragiles encore. Pourtant quelque chose me chiffonne. Aucun des garçons ne regarde l'objectif, ni ne sourit. Ce sont des photos volées : là une nuque, ici une épaule, le bas d'un dos, là un corps qui fait la roue.

La panique s'empare de moi, mes doigts tremblent, trient nerveusement les images à la recherche d'un visage doux posé sur un cou gracile – il a tes yeux, Édouard, et la bouche de Nathalie, avait édicté ma mère –, mais mon fils n'y figure pas. Je vois une lettre sous les photographies, la feuille est pliée, vaguement froissée, alors que je la repousse des mots me sautent au visage. Je les connais, il me les a lus tout à l'heure – rumeurs, maladie, garçons, indignité. Je la prends, la déplie, le sang du Christ me remonte dans la gorge. La lettre n'est pas adressée au père Delaunoy.

Mais à lui. Le père Préaumont.

SAMEDI

Et voilà que j'avais découvert qu'Isaac avait eu deux fils – ce qui m'avait réellement surpris puisque j'avais supposé qu'après la violence dont il avait été victime enfant, Isaac n'aurait pas forcément eu envie de prendre le risque d'offrir de nouvelles proies aux feux des monstres.

Cela dit, sa décision dut être mûrement réfléchie puisque Rébecca et lui avaient plus de soixante ans lorsque les jumeaux naquirent.

Mais là où l'histoire est tout à fait passionnante, c'est que le premier qui sortit était tout roux, entièrement couvert de poils, comme une bête, et que le second était doux et pâle, comme une fille, alors, il m'avait semblé que Ésaü, de par sa couleur de feu, son odeur de fauve, était la partie calcinée, abusée d'Isaac, son animus, et que Jacob, tendre et tranquille, en était sa part humaine, son anima.

Ainsi Rébecca, bien que stérile, avait accouché de deux nations comme l'avait annoncé Yahvé, mais surtout des deux composantes de son mari, comme pour les séparer enfin : la masculine, abusée, et la féminine, triomphante.

Et, bien que j'aie toujours eu une énorme tendresse pour les victimes et les abandonnés, j'avais fini par croire que c'est cette part féminine, cette part harmonieuse, qui avait finalement eu raison d'Isaac et l'avait maintenu en vie, et que du mal qu'on nous fait il est en nous une quotité qui peut nous réparer.

Et j'ai plus tard espéré que cette même part s'accroîtrait dans le ventre de mon fils Benjamin. Et le sauverait.

Je suis resté allongé sans dormir.

Dix fois, cent fois cette nuit, j'ai voulu me précipiter dans sa chambre, planter mon couteau dans sa gorge, lui cisailler les couilles, lui faire bouffer sa queue de goret. Mais je suis resté immobile.

Un père perdu.

Qu'il est difficile de devenir barbare à son tour, de devenir l'un de ces fauves capables de déchiqueter la chair de l'autre, la dévorer et la chier. De planter son couteau dans le front d'un homme assis face à nous, qui nous regarde en jurant son innocence.

Je n'ai rien fait à votre fils. Je ne l'ai pas touché.

Qu'il est dur à faire ce geste de couper l'autre du monde. De sectionner du vivant.

Mais depuis la lettre, depuis que je sais infailliblement qu'il est le dévoreur de mon fils, il n'y a plus de Dieu ici.

Il n'y a plus d'anges, plus de miséricorde, plus de loi – pas plus que de pitié ou de salut.

Juste la lacération de nos vies.

« Je ne suis pas venu apporter la paix, mais le glaive[1]. »

Alors voici le glaive. Voici mon couteau à désosser.

Et puisque selon les œuvres il est rétribué – fureur pour les adversaires, châtiments pour les ennemis[2] –, on devrait toujours tuer ceux qui tuent nos enfants. Mais il faudrait pour cela être soi-même un serpent, une toxicité, parvenir à rejeter l'hypocrisie de la civilité et oser penser que c'est parfois « la guerre qui répare et la paix qui sépare ». Et c'est sans doute à cause de cela que la justice a été inventée, âprement négociée, afin d'éviter les carnages, les couteaux dans le front, les doigts coupés et les cœurs arrachés.

Mais la justice n'est pas faite pour les victimes. La justice n'est pas ce qui est juste. Elle ne répare pas. Elle n'a pas d'enfants. Elle ne sait pas pourquoi soudain l'un d'eux souffre d'anisme, de vomissements, d'encoprésie ou de maux de gorge ; la justice ne sait pas que les scarifications qu'un fils trace sur son pubis sont des mots indicibles. Elle est là, le visage bandé, sa balance à la main, qui décide de condamner à trente ans de réclusion criminelle un faux-monnayeur et à seulement dix ans l'abuseur d'enfant – ce qui n'arrive jamais –, contre une peine d'enfermement à vie dans un corps effracté pour l'enfant.

1. Matthieu, 10:34.
2. Isaïe, 59:18.

Samedi

Il est vrai que le législateur ne s'embarrasse guère des enfants.

Ils ne votent pas.

Durant cette nuit sans sommeil j'ai collé un avis sur le vantail de l'église qui annonce sa réouverture pour la messe de dimanche. Puis je l'ai solidement verrouillée de l'intérieur.

Nous sommes seuls désormais, lui et moi. Deux guerriers. Un survivant.

Un bruit de porte. Des pas. Des chaussures qui grincent. Le voilà.

Bonjour.

Sa voix est fraîche.

Vous avez bien dormi ? C'est tellement calme la nuit, ici, ajoute-t-il avec un sourire.

Il ne voit pas mes yeux rouges. Il ne voit pas mes traits tirés. Il met l'eau à chauffer, sort le café, les biscottes, le beurre, s'excuse, je n'ai plus de confiture.

Tu peux te la foutre au cul, ta confiote.

Je regarde face à moi l'homme qui fait du mal aux enfants, élégant dans son costume noir, avec son col romain et ses chaussures qui couinent. Je regarde ses mains, ses doigts qui ont touché, fouillé, souillé les corps désarmés, et je sais que sous son déguisement de vertu, sa peau est une terre de mensonges, ses entrailles grouillent de larves.

C'est un homme de vers.

Et soudain, je lui balance à la gueule une première photographie. Elle représente le dos nu d'un garçon, le maillot de bain, la naissance des fesses. Puis une autre. Un corps qui fait la roue dans une clairière, le tee-shirt qui révèle la pâleur d'un ventre. Du petit bétail. Il balbutie.

Qu'est-ce que. C'est.

Il soupire, soulagé.

Ah, vous avez trouvé les photos du père Delaunoy ? Je n'ai pas eu le temps de m'en débarrasser, je ne suis là que depuis trois semaines.

Je lance vers lui cinquante autres photos, violemment, comme des silex, « tu le lapideras et il mourra[1] », et je crie.

Je sais les pleurs des enfants. Je sais les silences de l'Église. J'ai vu la lettre. J'ai lu qu'elle vous était adressée.

Je demande à nouveau pourquoi mon fils.

Il y en avait quatre-vingt-deux des gamins, quatre-vingt-deux, putain !

Ma réaction me range, je le sais, du côté des bêtes mais est-ce en être une que de préférer que le mal soit fait à un autre enfant que le sien, qu'un autre soit écrasé à sa place ?

Posez-vous tous la question et ne mentez pas vos réponses.

Posez-vous tous la question et bénissez le sang sur vos mains.

Vous auriez pu en prendre un autre, bordel ! Pourquoi lui, pourquoi mon fils, qu'est-ce qui vous

1. Deutéronome 13:11.

a attiré ? J'ai besoin de comprendre ! Un père doit savoir ça. Savoir ce qu'il a raté. Comment il a pu laisser son bébé devenir une proie, un objet sexuel. Comment une telle effraction a-t-elle pu être possible. Pourquoi le silence est devenu son pays.

Soudain, l'évidence jaillit devant mes yeux.

Il y en a eu d'autres, cet été-là, n'est-ce pas ?

Préaumont me regarde, hébété. Une biche au bord d'une route de nuit. Une collision à venir. Un massacre.

Il ravale sa salive, cherche ses mots, prépare ses rondaches.

Je n'ai pas fait de mal à votre fils. Je ne l'ai pas touché.

Alors, à la vitesse d'une frégate en piqué, je me jette sur lui. Mon poids fait basculer la chaise sur laquelle il est assis, sa joue claque sur le carrelage de la cuisine. Mes mains frappent son visage. Sa poitrine. Il ne se défend pas. Je crie menteur. Je crie fumier. Je hurle espèce de merde. Je bave. Mon poing valide cogne ses côtes, son ventre, frappe sa mâchoire, écrase sa pomme d'Adam. Mes doigts cherchent ses yeux, pour les crever. Il ne résiste toujours pas. Et cette soumission me terrifie, elle fait de moi la crevure que je redoutais d'être, de moi la lâcheté. Elle me donne l'impression de frapper un infirme, un corps mort, une viande défaite comme la boxait mon père.

Alors sa docilité, son assujettissement triomphent.

Je me redresse et roule sur le côté, vainqueur vaincu. Mon cœur tambourine, je reprends mon souffle, lui bouge à peine, sa main frotte lentement sa mâchoire et, plus tard, d'une voix étranglée, je lui rappelle que mon fils a un nom, celui du douzième fils de Jacob et du second fils de Rachel, qu'il est frère d'Isaac, fils d'Abraham le Sacrificateur.

Et tu ne l'as même pas prononcé. Tu l'as laissé dans un essaim de silences.

Nous sommes alors deux chiens de pierre. Deux dangers face à face.

Il a enveloppé des glaçons dans un torchon qu'il presse à présent sur sa mâchoire. Il tremble. Moi, je ne tremble plus – comme mon père au moment d'inciser.

Le téléphone sonne de nombreuses fois ce matin. Ce n'est jamais Delaunoy. Les bigotes s'inquiètent de la fermeture de l'église. Parler lui est douloureux mais Préaumont les rassure.

Un problème de fuite qui sera réparé d'ici demain. Oui, l'office aura bien lieu dimanche, à dix heures. Oui, comme d'habitude. Oui, madame Richard, vous pourrez venir un peu tôt, pour installer les fleurs. C'est cela, mademoiselle Lange. Et m'aider en sacristie. Oui, comme d'habitude.

Puis il raccroche et retourne à son silence minéral.

— Pourquoi lui ?

Il se ratatine sur sa chaise. Une bouée crevée qui se dégonfle. Un chuintement pathétique.

Il dit je n'ai rien fait à votre fils. Je ne l'ai pas touché.

Arrête.

Je ramasse une photo, la lui jette à la figure. Il s'en saisit, l'examine brièvement. C'est une blondeur floue. Une bouffetance d'ogre. Puis il la repose entre nous, sur la table, comme on trace une frontière. Il hausse les épaules, bredouille que ce sont des souvenirs.

Mon cul.

Nous sommes comme des instituteurs, vous savez. Nous nous efforçons de remplir leur tête et leur cœur de belles choses, surtout quand les parents ne sont pas là pour le faire. Nous essayons de leur baliser la route d'une vie heureuse, et nous n'avons qu'une année ou deux pour cela, parfois quelques mois, parfois moins encore, à peine le temps d'un été, d'une colonie de vacances. Rares sont les enfants qui reviennent nous apprendre ce qu'ils sont devenus. Alors, ces photos, c'est le seul lien qui me reste.

Je vais te crever.

Elles sont comme les grains d'un chapelet.

Me prends pas pour un con.

Toujours son sourire, beau et triste à la fois. Cette bouche que j'ai envie de coudre.

Je vous dis tout ce que vous voulez savoir à propos de ces photos. Oui, ce sont les miennes. Et non, vous n'en trouverez aucune de votre fils.

Sur la plage de Merlimont.

J'ai sorti un cerf-volant, au motif immense de Pikachu, le Pokémon préféré de Benjamin. Le vent souffle très fort, il vole haut dans le ciel. Mon fils veut le tenir mais l'écoufle l'entraîne. Benjamin se met à courir, embarqué malgré lui, il tombe dans le sable, se relève et, soudain, fait un bond de quelques mètres, comme le capitaine Haddock dans *On a marché sur la lune*. Il crie, il rit, et le voici qui s'élève. Cinquante centimètres, bientôt un mètre. Je cours vers lui. Un mètre vingt. Le cerf-volant l'entraîne plus haut, plus vite, et me voilà qui plonge, comme un rugbyman. Je le rate une première fois mais la seconde est la bonne.

Pikachu s'envole vers les nuages, disparaît, et nous éclatons de rire, mon fils et moi, la bouche pleine de sable. Nathalie court vers nous en hurlant : Vous êtes des malades, Édouard, des malades ! J'ai cru que le petit allait s'envoler. Puis elle nous rejoint dans notre joyeuseté.

/ Le temps d'avant.

Je voudrais me fustiger pour m'être laissé engourdir par ses bras ouverts, son empathie, ses confidences de fils

La confiance est une infirmité.

Souviens-toi, fils d'Abraham et frère de Benjamin, de la façon dont Rébecca, ta femme, a trahi ta confiance et ton amour en te faisant confondre ton fils de feu avec celui de l'eau en couvrant de peaux de chevreaux les mains, les bras et la partie lisse du cou de ce dernier, afin que tu bénisses à ton insu celui qu'elle préférait et renies l'autre qui était ta part violentée, cette partie de toi que je trouvais en définitive la plus vulnérable et la plus belle, et que tu la remises dans les oubliettes du silence car il est connu que personne ne supporte le mal qu'il a laissé faire.

Préaumont me regarde un long moment.

Il semble évaluer le poids des choses entre nous, notamment celui de ma tristesse qui est le berceau de ma détermination. L'origine de ma défiguration. Est-il en train de comprendre que son infamie m'a aussi contaminé ? Qu'elle a fait de moi, qui étais un homme doux, un bon père de famille, un rêveur parfois, une sauvagerie ? Une brutalité ? Est-ce cela soudain qu'il voudrait retenir, empêcher ? Est-il en train d'accepter que la parole soit la seule digue possible ?

On voit un homme qui parle, mais c'est sa parole qui parle de l'homme.

C'est sa solitude que j'ai tout d'abord remarquée, dit-il.

Il m'explique la manière un peu perdue que mon fils avait d'aller et de venir. Il évoque des roseaux, des massettes ondulant dans un vent tiède.

Conneries.

Il semblait osciller, ajoute-t-il. Et cette oscillation était belle. Elle était à l'opposé de l'arrogance crâneuse de la plupart des camarades de son âge. Sa façon de se mouvoir appartenait encore à l'enfance. Mieux : elle était l'enfance. L'idée même de l'enfance, de la pureté.

Continue comme ça et je te coupe la langue.

Il dit qu'il était discret. Qu'il possédait cette candeur qu'il avait observée chez les modèles de ce peintre, Amedeo quelque chose, qui les gratifiait toujours d'un port de tête princier.

Il soupire, il est loin dans ses souvenirs.

C'est Modigliani, ducon.

Les choses, poursuit-il, n'étant pas toujours prévisibles, ce qui d'ailleurs rend la vie si riche, l'intérêt qu'on éprouve soudain pour quelqu'un revêt une dangerosité éblouissante.

Là, il précise que la fragilité l'a toujours attiré, qu'il lui a toujours semblé pouvoir la comprendre. L'aguerrir. Et que l'enfant avait besoin de ce réconfort-là.

Espèce de saligaud. Mon poing gauche se crispe sous la table.

J'ai bien vu qu'il lui manquait quelque chose. Ou plutôt quelqu'un.

Il n'ose pas dire un père, un frère, un ami. Il sera tout cela pour mon fils, je le sais. Et pour cent autres fils.

Soudain, il se tait. Il joue avec les miettes de biscottes sur la table. Il garde la tête baissée. Il ne veut pas voir ce que je vois de lui.

Nous respirons bruyamment – deux boxeurs à l'issue d'une reprise.

Quand mon souffle se calme, je lui dis qu'il me rappelle l'abbé de Pradts chez Montherlant, qui se risquait à parler d'âme à propos du petit Souplier quand il voulait juste le baiser. Qu'il m'évoque toute son afféterie lorsque le chœur des collégiens dans la maîtrise répète un motet et que ce pauvre abbé de mes deux tend l'oreille et susurre, comme on suce un doigt : « Je ne distingue pas sa voix dans le chœur des autres voix. »

Préaumont relève la tête. La comparaison le surprend.

J'ajoute qu'il est de cette même bassesse, cette même honte – « ayez honte de votre honte », a dit saint Augustin. Mais il faut avoir conservé une once d'humanité pour cela, et toi, tu n'es que fange.

D'ailleurs, devient-on fangeux parce qu'on ne s'aime plus ou parce qu'on n'aime plus le monde ?

Il me regarde à nouveau. Ses yeux vert mélèze brillent. Il est prêt pour un nouveau round.

J'aime les enfants, reprend-il, mais je ne leur fais pas de mal. Qu'est-ce que vous croyez. Vous citez saint Augustin, alors vous devez savoir que dans *La Cité de Dieu* il a écrit *« Sacerdos ipse Christus »*, et que cela signifie « Le prêtre, c'est le Christ ». Vous pensez sérieusement que le Christ ferait du mal à Ses enfants ?

Vous me prenez pour qui ?

Alors je sors mon couteau.

Je dois dire ici que Nathalie avait décidé de laisser mourir le feu qui nous avait embrasés – ce qui est assez cocasse quand on sait que son prénom vient du latin *natalis, natus,* et qu'il signifie « né ».

Ainsi aura-t-elle été finalement plus douée pour faire naître les choses que pour les faire vivre.

Cela dit, il n'y eut aucune animosité entre elle et moi car la violence, comme le professait ma mère, est l'affaire des affamés et de quelques bêtes apostates, et ne nous concerne donc pas. Mais lorsque Nathalie a commencé à préférer passer ses soirées chez « une collègue », en raison, et vous me permettrez un sourire ironique, du verglas qui rendait les routes de nuit dangereuses et jetait aux ombres des fossés sangliers et automobiles, j'en ai été profondément affecté.

J'ai eu très vite confirmation de mes soupçons à cause de l'odeur d'un tabac brun et surtout de l'entêtant accord fougère d'un parfum d'homme qui imprégnait désormais ses vêtements, ses cheveux flamboyants que j'avais toujours plaisir à comparer avec ceux de la *Vénus* de Botticelli, et même son cou, là où j'avais tant aimé l'embrasser au début du siècle. J'ai un temps tenté de ravir à nouveau ma femme. De provoquer quelques vertiges. Quelques rires. En vain. On ne voit finalement pas si souvent que cela « rejaillir le feu d'un ancien volcan qu'on croyait trop vieux ». J'ai alors, à mesure que Nathalie s'évanouissait, lentement sombré dans un chagrin tenace et, de surcroît, dû combattre une humiliante dépression

Plus tard, j'ai retrouvé la joie de vivre dans les bras de la jolie maman d'une petite Cerise, une élève de la même classe de CP que Benjamin.

Une affaire d'urgences. De baisades joyeuses. Quelques après-midi éblouissants. Parfois voraces. Des récréations durant lesquelles je pense avoir découvert ce que ma femme cherchait alors hors de moi : ces étonnantes fureurs dont l'avilissement euphorique mène, selon les Textes, tantôt à la lévitation tantôt à la lapidation. Mais, parce que les choses ne sont jamais belles comme dans les livres, nous nous sommes assez rapidement rendu compte, la maman de Cerise et moi, que nous avions trop d'appétit pour trop peu de chairs, aussi, au terme d'un après-midi moins fougueux que d'ordinaire, nous nous sommes embrassés sur les joues en guise d'au revoir, comme deux vieilles connaissances, et sommes rentrés chacun chez soi.

Elle a rejoint la couche de son mari. J'ai retrouvé mon fils.

Depuis, je dors seul.

Mais revenons à Nathalie et à Benjamin, puisque c'est d'elle et de lui qu'il s'agit.

Nous avons décidé, eu égard à la pieuseté de nos familles respectives, de ne pas précipiter les choses. De trouver une sorte de *modus vivendi* conjugal. Partant, elle passerait davantage de temps près de son école, recevrait au lit des étrangers au lieu de son mari et reviendrait chaque week-end. Nous visiterions alors nos familles en bonne petite famille aimante que nous étions. Nous ne manquerions aucune réjouissance religieuse, aucun repas de fêtes. Nous ferions un temps encore la fierté de nos mères et, de mon côté, je m'occuperais davantage de Benjamin.

M'occuper de lui m'enchantait au plus haut point à une époque où « les papas à la maison » étaient les nouveaux héros. Je n'étais pas, on s'en doute, devenu pilote automobile ou oncologue, ainsi que je l'avais un temps rêvé, mais il faut croire qu'entre le désir de tenir un volant et un bistouri j'étais prédestiné à un métier manuel. J'ai donc fini par me consacrer à la restauration de voitures anciennes (une Mercedes-Benz 190 SL de 1961 me vaudra d'ailleurs une flopée de distinctions dans différents concours). J'ai pu ainsi à la fois conduire et réparer.

Cette occupation m'autorisant des horaires assez souples, j'ai eu tout le loisir de me dévouer à mon fils Benjamin – ce qui a enchanté mes jours et a été une longue et aveugle allégresse.

Je souligne ici aveugle, car c'est bien aveugle que m'a rendu cette allégresse, jusqu'à ce jour maudit.

Il faut dire, pour être tout à fait exact, que Benjamin, qui n'était pas encore une proie, s'est fort bien accommodé de cet arrangement. Celui-ci a duré trois années au terme desquelles sa mère, la radieuse idolâtre, a rencontré Yves, un professeur d'EPS, et très vite, ivres qu'ils étaient l'un de l'autre, ils ont décidé de s'installer ensemble, dans un petit village des Ardennes dans la région du Grand Est, laquelle trouve sa frontière à la pointe de Givet.

Alors nous avons divorcé.

Et cet événement marque le début du chemin caillouteux qui allait mener Benjamin à la perversion du père.

C'est à partir de là que ses os ont commencé à mollir, privé qu'il était du lait de ses parents réunis.

À partir de là que son cœur est devenu poreux et sa peau un buvard que les mots emmiellés du père pénétreraient un jour.

Ton frère, Isaac, devint taciturne et triste.

Nous avons eu beau lui expliquer que si la géographie entre nous se modifiait, l'amour que nous lui portions resterait toujours identique à celui du premier jour. Qu'il était à jamais notre raison de vivre et notre sang.

Malgré nos espérances, sa mélancolie gagnait. L'enveloppait comme une ombre.

Sais-tu combien je l'ai étreint le matin où il est parti en voiture avec sa mère vers la vallée de la Meuse, la malle remplie de vaisselle, de linge, de jouets, de livres, et de promesses qui ne seraient jamais tenues ?

Je lui ai dit que je l'aimais, contrairement à Abraham, ton père, qui ne te l'a jamais dit. Car comment dire une telle chose à un enfant que l'on a voulu offrir en sacrifice à la goinfrerie d'un autre ? Je le lui ai dit cent fois, comme je te le dis à toi qui as été mon frère d'enfance puis mon fils dans la maturité.

Tandis que je lui répétais que je serais toujours là pour le protéger, il a juste posé sur moi son regard de chien perdu qui m'a poignardé le cœur, puis il a refermé la portière. Elle a fait un bruit mat – un accord désenchanté qui, depuis ce jour, est pour moi l'écho de l'abandon.

Sache enfin, Isaac, et il t'aura été donné de tout savoir de notre tragédie, que c'est ma mère qui a eu l'idée d'envoyer ton frère Benjamin en colonie. Dessein qui lui avait été inspiré par quelques mamans ravies – elles avaient, le cœur léger, confié leurs brebis à un prêtre, comme on confie son cœur à un nouvel amoureux, sans imaginer un seul instant qu'un jour il puisse vous faire du mal et dévorer ce cœur pur –, et surtout par l'un des abbés qui enseignait le catéchisme dans la paroisse Saint-Jacques-de-l'Aire, sise dans les Ardennes à quelques kilomètres de chez Nathalie. Ma maumariée.

L'abbé, expliqua ma mère, est d'accord avec moi pour penser que ton fils, et je te rappelle qu'il l'entend en confession, a besoin de se faire des amis, d'avoir des activités de son âge, de pratiquer un sport, de rigoler et surtout, surtout, de s'éloigner des brumes viciées de cet Yves qui, je le vois bien, est plus souvent ivre de piccolo que d'amour pour ta femme.

Ce n'est plus ma femme, maman.

Ouvre enfin tes yeux, Édouard, débouche tes oreilles, tu sais très bien ce que je veux dire.

Ma mère prenait ses prières pour des réalités, et parfois sa réalité était exaucée.

Benjamin, ton frère, qui n'avait pas encore tout à fait le jeune âge où meurt un furet, est parti en colonie cet été-là.

L'abbé qui avait convaincu ma mère en était absolument enchanté.

Et ce fut l'Apocalypse.

Mon couteau, donc.

Son vif mouvement de recul. La panique dans son regard.

Ma lame est une menace et je pense à ce qu'Isaac a dû ressentir. Quelle épouvante. Quelle incompréhension lorsque Abraham, son père et père des peuples, étendit la main et saisit le couteau pour l'immoler. Ensuite il n'a plus jamais été question ni du couteau ni de l'enfant, sauf plus tard, lorsqu'il fut dans sa soixantième année et que son père, alors vieillard aux deux épouses et multiples concubines, fit quérir pour lui un jupon dans la ville qu'on appelait Nahor.

Et je pense à ce que tu as également dû ressentir, toi, Benjamin mon fils, frère d'Isaac, lorsque s'est approchée de ta bouche la dague du prêtre, pour que tu l'avales comme un sabre, et que je n'étais pas là pour te sauver. Pour donner ma vie en place de ton innocence.

Car les pères sont pusillanimes.

Car les pères obéissent à l'idée que leur postérité est sacrée et que nul ne peut y porter la main ou, en l'espèce, la queue.

Car les pères ont oublié qu'il est dit qu'« un frère livrera son frère à la mort, et un père son enfant, et les enfants se soulèveront contre leurs parents et les feront mourir[1] ».

Car enfin mon père ne m'enseigna rien de toutes ces déficiences.

L'abbé supérieur m'accorda deux jours pour me rendre aux obsèques du boucher.

Ma mère avait réussi ce tour de force de faire concélébrer la messe par l'évêque coadjuteur, le doyen et le prêtre de la paroisse Notre-Dame-du-Saint-Cordon, tous trois bien mis dans leurs belles étoles violettes. Elle avait également réussi à faire venir Hagop Haytayan, le meilleur organiste de la région, spécialiste de Bach, qui s'en donna à cœur joie. On entendit également le « Lux æterna luceat eis, Domine » du *Requiem* de Fauré – qu'elle adorait et chantonnait parfois dans la salle de bains, comme d'autres s'essaient à *Rien qu'une larme* –, ainsi qu'un *Magnificat* de toute beauté – je sais, il n'a jamais fait partie de la messe des défunts, Édouard, mais c'est si beau, ton père y aurait été sensible.

Ce fut donc un office impressionnant.

1. Matthieu 10:21.

L'église était pleine, la famille rare puisque nous n'en avions presque plus, mais les clients étaient venus en nombre. Ils s'étaient tous régalés pendant des années des tripes de mon père, de ses foies, ses langues, ses tendrons et ses filets, et, dans les fins de mois difficiles, de son collier de bœuf ou son cou de porc. Sur le parvis de l'église, avant la procession jusqu'au cimetière, les gens partageaient leur désarroi : Qu'est-ce qu'on va devenir ? C'était le dernier vrai boucher.

La mort de mon père laissait des assiettes vides et des bouches inassouvies.

Dans son homélie, l'évêque évoqua la maladie de mon père sans jamais reconnaître qu'elle était une prolifération cellulaire anormalement importante au cœur d'un tissu sain de l'organisme, mais comme un authentique signe envoyé par Dieu, une épreuve à accueillir avec joie, comme une eau fraîche – oui, il dit comme une eau fraîche –, afin de nous rapprocher de Lui, de retrouver le sens premier de la prière, d'entrer en communion avec Lui, de retrouver une union intime.

Le cancer était donc, si l'on suivait l'évêque, un signe de l'amour de Dieu pour les hommes.

Après la mise en terre, nous nous sommes retrouvés à la boucherie pour un vin d'honneur et là, à la vue des présentoirs dégarnis, des portiques et des chariots vides, des crochets nus et des couteaux abandonnés, quelques-uns plongèrent dans une authentique désolation. On me demanda alors si je reprendrais la boucherie de mon père. On me supplia même de succéder à ce grand homme, de suivre ses pas, d'honorer sa mémoire en perpétuant ses gestes. Mais Dieu ne me guidera pas vers les chairs mortes, la tranche ou le pâté, mais plutôt vers une carrière de pilote automobile – Ayrton Senna exerçait alors sur moi, comme sur quelques camarades, une fascination quasi religieuse – ou une formation d'oncologue pour à la fois venger le boucher et désavouer l'évêque coadjuteur.

Mes suppliants se désolèrent avant de se détourner de moi et, ce même soir, tandis qu'elle baissait définitivement le rideau de fer de notre boucherie, ma mère en larmes me reprocha de tuer mon père une seconde fois. Et je mis cela sur le compte de son immense chagrin.

À quinze ans, je n'avais plus de père.

J'allais moi aussi boiter, grandir sans réponses – celles qui m'auraient prévenu des douleurs de l'amour et des brutalités envers nos fils, celles que vous connaissez bien tous les deux, Isaac et Benjamin, fils de votre père égaré dans son chagrin.

Il a collé la photo d'une Triumph Spitfire MK IV cabriolet dans sa lettre au Père Noël.

Quand il ouvre le paquet, c'est un autre modèle qu'il découvre – je n'ai pas trouvé de maquette de l'anglaise. Ses petites lèvres tremblent un instant. Puis il prend sur lui. Déjà.

Et il s'efforce de nous adresser, à Nathalie et moi, un sourire de grand.

/ Le temps d'avant.

Je m'approche de lui. Je pose la pointe de ma lame contre son cou mais il s'agite et aussitôt perle une goutte amarante.

Vous avez croisé mon fils ?

Je vous répète que non.

Mais vous venez de parler de lui et de cette grâce des portraits de Modigliani.

Il soupire.

Tous les parents s'attendrissent en entendant cela, dit-il. Ils ont l'impression de posséder un trésor. C'est une formule. Une anesthésie. Rien d'autre.

Ordure.

J'enfonce davantage la pointe du couteau. Une larme de sang glisse sur son cou. Une larme de sel coule sur ma joue.

Dites-moi la vérité. Je vous en prie. J'en ai besoin.

J'écarte ma lame.

Aussitôt, il arrache son col romain, comme s'il était une corde à son cou, et aspire une profonde goulée d'air. Il ressemble à un noyé qui refait surface. Il paraît petit soudain – la peur contracte les corps, je l'ai vu avec ceux des cailles et des lapereaux que l'on s'apprête à égorger.

Même les enfants, sur les photographies répandues autour de nous, le regardent. Ils attendent, eux aussi.

Préaumont cherche ses mots. Puis se lance.

Il décrit un enfant à l'écart, qui souriait à peine lorsque les autres riaient, qui acceptait les rôles que ses camarades répugnaient à endosser : gardien de but, ramasseur de bois pour la flambée, éplucheur de pommes de terre. Un enfant doux. Et gentil. Il avoue que ces enfants-là sont plus faciles à approcher. Ils ont besoin d'un ami et le prêtre a l'apparence d'un saint. On lui donnerait le bon Dieu sans confession. Il raconte qu'il a commencé à lui parler lors de la veillée, le deuxième soir de la colo. Il y avait un grand feu, des saucisses grillées, et puis des chants, des rigolades Benjamin était un peu en retrait. Il s'est alors assis à côté de lui et il lui a proposé d'être son ami. Il précise que mon fils a eu un sourire sans éclat et lui a donné son accord. Il lui a ensuite expliqué que c'était important l'amitié, que ça liait deux êtres. Un peu comme la relation avec Dieu. Que ces deux personnes pouvaient alors avoir des complicités, des secrets qu'elles ne gardaient que pour elles, et que c'était grâce à cette clandestinité que l'amitié rendait deux personnes uniques au monde. Il reconnaît que le poison qu'il avait commencé à distiller a pris effet ce soir-là, que ce soir-là il a commencé à endormir mon fils, alors j'envoie valdinguer son bol de café, son beurrier débile et j'étouffe mon cri.

Préaumont attend que je sois à nouveau calme pour me demander :

— Est-ce vraiment ce que vous voulez entendre ?

— Oui.

Alors il raconte que le lendemain matin, pendant la messe en plein air avant les activités de groupes, Benjamin lui avait souri plusieurs fois. Après l'office, Préaumont lui avait alors demandé de rester pour l'aider à ranger et en avait profité pour lui enseigner ce qu'étaient les patènes, aiguières et ostensoirs et mon fils avait aimé le son de ces mots nouveaux. Il les avait répétés, les faisant rouler dans sa bouche comme des dragées, les avait accueillis comme des trésors d'enfants – un caillou orbiculaire, un petit morceau de bois qui crée une paréidolie. Il raconte que ce matin-là il lui a aussi montré comment plier en douze un manuterge – une tâche délicate que mon fils a réussie du premier coup. Il ajoute que, ce matin-là, Benjamin avait retrouvé le sourire, que sa joie l'avait troublé, qu'il avait une nouvelle fois ressenti « ce feu qui brûle mais n'éclaire pas » – son démon – et que mon fils lui avait demandé si c'était cela être amis.

Oui, c'est cela. Mais c'est bien plus encore. Si tu veux, je te montrerai un peu de la véritable amitié ce soir, après le dîner.

Benjamin était parti guilleret, en sautillant, rejoindre les autres, avec dans ses poches ses mots nouveaux, comme des billes, et dans son cœur, son premier grand secret. Il précise que lui-même était très excité – les Écritures mettent en garde contre la solitude, se justifie-t-il.

Préaumont s'interrompt. Il m'adresse un sourire pitoyable puis me demande s'il peut se servir un verre d'eau, si je souhaite boire quelque chose, je peux refaire du café, je crois que j'ai du thé aussi, si vous préférez.

Je vois mon fils, sémillant, courant rejoindre ses camarades.

Je vois le venin des paroles du pourceau couler déjà dans ses veines, infecter son sang, inonder son cœur de petit garçon.

Fais pas chier avec ton verre d'eau.

Je vois mon père mort dans la chambre froide, allongé dans son cercueil.

Je vois ses mains que ma mère a pris soin de ganter. Je me vois avancer vers lui, et j'imagine les crochets de mes doigts agripper les revers de sa veste, le secouer violemment, sa tête cogne contre les parois de châtaignier. Je me vois crier pourquoi, pourquoi tu n'as rien dit, pourquoi tu ne me parlais que des bêtes et jamais des hommes ?

Pourquoi tu m'as déserté ?

Il est des silences qui se brisent trop tard.

Mes mains tremblent sous la table où vient se rasseoir le prêtre. Il pose son verre, la surface de l'eau frémit – je revois ce plan du film *Jurassic Park* où ce même frémissement annonçait une dévastation.

Il reprend.

Il dit qu'il ne l'a pas touché ce soir-là, même s'il en avait très envie. Il dit qu'ils ont longtemps parlé, que Benjamin lui a avoué qu'il se sentait souvent seul parce qu'il n'avait pas d'amis. Il dit que ce soir-là il lui a offert une médaille en argent de saint Nicolas, un second secret entre eux. C'est le saint qui protège les enfants, m'explique-t-il, celui qui les rend vivants à leur père. Avec ça, c'est comme si j'étais toujours avec toi, lui a-t-il assuré.

Et Benjamin avait souri et laissé son nouvel ami le serrer contre lui.

Il a quatre ans.

Il joue au milieu du salon avec des cubes en bois, des pièces de Lego, des petites voitures. Il imite avec sa bouche le vrombissement des moteurs, le souffle des accélérations, le crissement des freinages. Soudain, sur notre chaîne hi-fi, Philippe Jaroussky entame le « Cum Dederit » du *Nisi Dominus* de Vivaldi.

Tandis que la voix de contre-ténor envahit la pièce, Benjamin s'immobilise. Il écoute, fasciné par la musique. Ses yeux papillonnent, cherchent à voir la voix autour de lui. Il semble touché par la grâce, son visage est alors grave, presque adulte, et je le contemple, bouleversé qu'il soit à ce point ému par la musique.

Lorsque celle-ci s'achève, il retourne tranquillement au théâtre de ses voitures comme si aucun ange n'était passé.

Il redevient juste un petit garçon de quatre ans.

/ Le temps d'avant.

— Vous voulez savoir, alors je vous dis.

J'ai désiré votre fils. J'ai désiré le caresser. Éprouver sa peau. Je l'ai même aimé. Vous évoquiez tantôt cet abbé dans la pièce de Montherlant, eh bien je dirais comme lui que « j'ai commencé à l'aimer quand je l'ai vu en péril ».

J'ai désiré une immense tendresse avec lui. Et je comprends très bien que vous ne compreniez pas ce désir qui est aussi une souffrance. Le catéchisme de l'Église catholique enseigne que l'abstinence comporte un apprentissage de la maîtrise de soi. Soit l'homme commande à ses passions et obtient la paix, soit il se laisse asservir par elles et devient malheureux, ajoute-t-il en réprimant un sourire bref. Les prêtres ne font pas vœu de chasteté, vous savez, mais promesse de célibat. C'est notre prison. Les barreaux du grand malentendu. Vous n'avez pas idée de notre impossibilité à gérer la sensualité. Le plaisir. La jouissance.

Préaumont évoque l'incroyable douceur d'une peau. Il dit qu'il trouve le corps des enfants très beau, un moment de chrysalide. Il cite Gide. Il parle de l'enfant « séduisant et désirant ».

Envie de gerber.

Dieu m'a fait à Son image, conclut-il, et Dieu ne m'a pas arrêté.

Moi, je vais vous arrêter, Préaumont. Mais avant, parlez-moi de ce que vous lui avez fait.

Les choses sont allées lentement, poursuit-il d'une voix mal assurée. Il y a eu énormément de tendresse et plus tard de complicité. Je veux vous rassurer sur ce point-là.

Il se frotte les yeux comme s'ils s'étaient remplis de sable.

Je n'ai rien d'autre à ajouter, je suppose que vous imaginez ce qui peut advenir d'une telle relation. Et que si l'on en pose autour d'elle les mots auraient la bassesse de tout avilir.

Alors tout va très vite.

Je me lève d'un bond. Tire le fauteuil en bois qui est dans la sacristie. L'approche de lui. Asseyez-vous là-dessus ! Il est pétrifié. Estragon dans Godot, qui ne bouge pas.

Pose ton cul, putain !

Il s'affole. Change de siège. Guette mon couteau à désosser sur la table. Je sors de ma poche deux colliers de serrage en plastique. Verrouillage simple pont.

Du 9 mm je précise. Comme une arme. C'est amusant, non ?

Préaumont panique. Il voudrait s'échapper.

Bouge pas !

J'attrape son avant-bras. Le plaque sur l'accoudoir.

Vous n'avez pas besoin de m'attacher, balbutie-t-il.

Je serre le collier. Il grimace.

Je ne vais pas me sauver.

Je ne vais pas vous sauver non plus.

Puis j'immobilise l'autre bras. Il ne résiste plus. Son corps s'amollit. Il rend les armes.

Tu vois, Benjamin, mon fils et frère d'Isaac le Sacrifié, je commence à devenir héroïque. Je veux rendre ta douleur. Je viens vers toi.

Mais mon cœur, peu habitué à la sauvagerie, s'est emballé. J'ai besoin d'air, je vais me sentir mal.

Dehors, la clarté m'éblouit.

L'air est vif. Il fait striduler les feuilles des platanes et des prunus. Les odeurs du monde me ramènent à la vie. Les cris des enfants au loin me rassurent. Je traverse le square devant l'église. Sur un banc une femme lit un livre, sur un autre, deux adolescents se pelotent et s'embrassent et je pense à Brassens, aux « passants honnêtes ».

En marchant, je me dis que Préaumont doit être soulagé d'avoir avoué. La magie de la confession. Mais moi je ne pardonne pas. Je ne donne pas trois prières en pénitence et te voilà remis, mon enfant, aussi pur qu'un agneau qui vient de naître mais dont les crocs poussent déjà.

Je ne pardonne pas.

Même si je soupçonne la solitude charnelle des prêtres. Même si je connais, pour dormir seul depuis longtemps, le vide d'un lit. Même si je devine l'ogre humain qui étouffe et assujettit le corps clérical.

À la fin de sa vie, l'abbé Pierre confessait que la plénitude de Dieu n'avait pas toujours comblé sa solitude terrestre, que parfois la chaleur, les bras et la volupté de l'autre lui avaient manqué. Cela en a-t-il pour autant fait un prédateur ? Cela a-t-il fait triompher l'ennemi en lui-même ? Autoriser le mariage des prêtres permettrait à bon nombre d'entre eux de profiter de l'indispensable adoration de l'autre, sans le sordide de la dissimulation, mais priverait alors l'Église du grisbi des successions – les prêtres mariés ayant alors leurs propres héritiers. Mais, surtout, ce mariage n'empêchera jamais les insatiables de corps enfantins de les mettre en pièces, et de les dévorer, ainsi qu'on le voit tous les jours avec n'importe quel petit pédophile marié avec enfants.

Le voisin qu'on trouvait tous charmant.

Mes pas me conduisent sur une place où se tient un grand marché. Je goûte un morceau de barousse, bien plus doux que ne laisse présager son odeur. Plus loin, j'achète une orange. La mange. Le jus coule sur mon menton. Mes doigts sont collants et sucrés.

Je suis parvenu au point où confluent ma part tellement civilisée, celle d'un fils de la subordination, et l'autre, primitive, animale, de la famille des ursidés, capable d'un coup de patte de dépecer celui qui menace sa géniture.

Je sais que notre instinct nous contraint au mimétisme. Nos forces, mais surtout nos vulnérabilités, se transmettent de père en fils et ce sont bien souvent nos failles qui l'emportent, fascinantes qu'elles sont – le mal n'est-il pas un immense terrain de jeu quand le bien n'est qu'une minuscule cellule aux murs de laquelle on se cogne à chaque pas ?

Préaumont était allé comme moi en pension et peut-être avait-il fait partie des petits gibiers. Il avait peut-être été convoité. Chassé. Rencogné. Au foyer, il avait sans doute découvert, comme moi, les histoires du prince Éric, s'était sans doute, comme moi, masturbé devant les illustrations troublantes de Pierre Joubert, représentant des adolescents aux corps bronzés et musclés, en uniformes avantageux de scouts et portraiturant Éric, altesse de Swedenborg, aux yeux verts immenses, aux pommettes hautes, aux boucles blondes. Tout un monde sans fille, sans mère, sans la civilité du désir ni l'expérience du langage de l'autre sexe, qui célébrait la bravoure des garçons et leur amitié à la lisière des corps. Un monde où dévoiler est plus violent que ce qui se dévoile. Un monde de secrets et de silences auquel il avait sans doute succombé.

Sa geôle.

Quant à moi, au nom de je ne sais quelle prudence – à moins que j'aie tout refoulé –, j'ai réussi à esquiver les mains des adultes, leurs bouches avides, leurs queues impatientes, l'amertume corrompue de leur enfance perdue. J'ai survécu. Je suis sorti physiquement indemne de cette guerre qui taisait son nom, contre laquelle l'Église et la société utilisaient l'arme du silence, car le silence est un assassin qui ne dénonce pas. Une guerre dont le patronyme des centaines de milliers de victimes n'a jamais figuré sur aucun monument. Parce qu'il serait le miroir de notre laideur.

Je suis venu pour briser le silence.

Je suis venu pour stopper la récidive de nos fautes.

Je retourne à l'église. Avant de rejoindre Préaumont, je m'attaque au diptyque du petit retable derrière l'autel, il s'agit de deux panneaux de bois qui illustrent l'épisode du buisson ardent qui brûlait sans jamais se consumer.

À l'instar de ton feu inextinguible, sale pourceau, tas de bouse.

De ton désir qui détruit tout, sauf lui-même.

Je ramasse une navette en métal cabossé et la lance en direction d'un grand vitrail qui représente deux mains, une colombe, un chemin céleste – quelle rigolade ! Les grains d'encens s'en échappent, forment un éphémère nuage noir. L'objet rebondit sans rien toucher, alors je recommence, et recommence, jusqu'à ce que le vitrail se brise et le vent frais s'engouffre dans le chœur de l'église. Je rêve que lui succèdent un orage, un enfer, le diable.

Je me laisse couler sur le sol. Les pierres sont froides. Je suis une larme sans fin. Je pleure l'innocence qui me liait à mon fils Benjamin le Supplicié, frère d'Isaac le Sacrifié, et je pense avec nausée que leurs corps souillés ne valent pas les ulcères ou les taons, la grêle ou la peste, un animal volé ou une vierge séduite, car les Écritures ne leur consacrent aucun chapitre. Ils ne sont pas attendus au paradis. Ils sont juste jetés au silence.

Samedi. Midi, bientôt.

À mon tour d'attenter à la chair du monstre.

Il est un arbre. Ses bras sont deux courtes branches qui pendent. Son visage apparaît au travers d'un trou découpé dans le tronc de carton-pâte. Lorsqu'il nous repère, sa maman et moi, dans la petite salle de spectacle de l'école, son visage s'éclaire. Littéralement. Benjamin irradie de joie. Son enfance est une indulgence. Une fabuleuse promesse. Nous sommes les parents les plus reconnaissants du monde.

/ Le temps d'avant.

Outre le temps qu'elle consacrait au presbytère Saint-Géry qui accueillait dorénavant quelques jeunes diacres bons mangeurs, au catéchisme des petits les mercredis et samedis, à la gestion des activités paroissiales comme la préparation au mariage, au baptême, aux retraites spirituelles, ma mère s'était organisée pour pouvoir passer plusieurs jours par mois dans les Ardennes en compagnie de son petit-fils.

Il a besoin d'un éveil religieux, m'expliqua-t-elle un jour le plus sérieusement du monde. Il a besoin de la douceur d'une grand-mère, et ce n'est certainement pas ce professeur de gymnastique qui vit avec sa mère, *sans être divorcé*, *je te le rappelle*, qui va l'élever dans la grâce de notre foi. Pas plus que toi d'ailleurs, obsédé que tu es par tes voitures.

La plus grande joie de ma mère à cette période de notre vie fut qu'elle avait retrouvé dans la cure voisine du bourg ardennais, où vivaient désormais Nathalie et son gymnaste, un prêtre qu'elle avait longtemps servi à Saint-Géry et beaucoup aimé. C'est donc tout naturellement qu'elle inscrivit Benjamin à sa classe de catéchèse où l'on enseignait que l'homme était un être précieux, que les prêtres étaient des bergers qui menaient à la Joie et au Paradis, qu'ils parlaient au nom du Père et qu'à ce titre « leurs jugements étaient insondables et leurs voies impénétrables ».

Bref, tu dois te soumettre, petit Scarabée.

Et c'est là, entends-tu, Isaac, frère de Benjamin, là, dans cette idée de soumission, que prend racine le malheur des enfants. Et sans doute celui des pères.

On n'a pas appris à Benjamin, ton frère abusé, et je ne le lui ai pas appris non plus car on ne me l'avait pas non plus appris, que les brebis galeuses étaient déjà dans la place, grassement nourries par ceux qui les avaient laissées entrer. Hélas, j'avais l'allégresse aveugle, comme je te l'ai déjà dit, de la merde dans les yeux, et je n'ai rien vu. Pas même lorsque, à son retour de colonie dans les Vosges, son sommeil commença de se dégrader. J'ai mis cela sur le compte des veillées tardives, de l'adrénaline du sport, d'une alimentation différente, tout comme j'avais porté au débit d'un caprice enfantin le message de sa carte postale : « Viens me chercher. »

Depuis son retour, des cauchemars le réveillaient. Des insomnies l'épuisaient. Il recommençait à mouiller son lit. Parfois, des douleurs violentes lui tordaient le ventre, chiffonnaient son visage.

Ma merde dans les yeux, je te dis.

Mais comment veux-tu, fils d'un père lui-même anesthésié par Yahvé et ses belles paroles, que l'on puisse alors soupçonner le pire ?

À la rentrée des classes, l'avance acquise grâce aux leçons estivales de ma mère s'évapora comme un éther. Il renâcla à retourner au catéchisme. Devint distrait. Distant. J'appelai Nathalie. Elle aussi avait perçu ces changements qu'elle attribuait à notre divorce, aux bouleversements qu'il avait engendrés dans la vie de notre fils, et qu'est-ce que tu veux que je te dise de plus, Édouard, rassure-le, toi ! Tu es son père, un garçon a besoin de son père pour ce genre de choses.

Un week-end où je l'avais avec moi, j'ai tenté de l'emmener jouer au football mais il refusa de se changer dans les vestiaires. La fois suivante, je lui ai suggéré de s'équiper à la maison et il s'est mis à pleurer. Je lui ai alors proposé d'aller voir *Peter et Elliott le dragon*, de manger un McDo, double frite si tu veux, d'aller à la mer, tu te souviens du cerf-volant Pikachu ?

Tu peux tout me dire, Benjamin, absolument tout. Qu'on t'embête à l'école. Qu'on te rackette. Je t'aiderai. Parle-moi.

Mais rien n'y fit car tu le sais bien, toi, Isaac le Muet, que le silence est le seul refuge des enfants quand ceux qui devaient inconditionnellement vous aimer vous ont trahi.

Je découvris avec horreur l'impuissance de l'amour des pères à parfois ramener leurs petits à la surface du monde.

Je me suis ouvert à ma mère de l'état de Benjamin. Elle s'est contentée de me conseiller la pénitence et la prière.

Mais il souffre, maman !

Je sais, Édouard, mais c'est une petite souffrance au regard de celles du monde, tu dois essayer de comprendre ce que le Christ veut te dire au travers de ton fils. Il dit que sans l'union de ses parents, il est un agnelet perdu, une étoile morte. Tu devrais essayer de te rapprocher de Nathalie, Édouard. C'est ce qu'Il est en train de te dire.

L'amour des mères est parfois criminel.

Depuis l'été de mes douze ans, et tous ceux qui ont suivi ainsi que toutes les vacances scolaires, jusqu'à sa mort j'ai aidé mon père à la boucherie. J'ai eu les doigts gourds, les paumes excoriées puis entaillées. Le sang sur mes mains a à jamais modifié l'odeur des choses que je touchais et ma peau est devenue un gant de corne. Plus tard, je me suis mis à restaurer des voitures anciennes, le cambouis a alors remplacé le sang. J'ai écroui, laminé toutes sortes de métaux, fileté toutes sortes de pièces et la limaille s'est durablement incrustée dans la pulpe de mes doigts. Alors non. Non, je ne sais pas ce qu'est la douceur de la peau d'un enfant, ce moment de chrysalide comme vous dites. Mes paumes sont comme des écorces et je ne sais plus ce qu'est une caresse. Alors dites-le-moi. Dites-moi comment est la peau de mon fils. Racontez-moi ce que vous avez ressenti, quel est cet émerveillement que vous appeliez tant et pour lequel vous êtes devenu une dégueulasserie. Dites-le-moi, bordel ! Je veux savoir, j'ai besoin de comprendre.

Le prêtre prend un temps interminable avant de répondre.

Alors il dit la pureté.

Le corps inentamé.

La fascination d'effleurer une première buée sur une vitre.

L'excitation folle d'être le premier.

D'être instructeur.

D'être soi-même découvert par un enfant, touché par lui.

Caressé.

Embrassé.

Il dit c'est difficile de mettre des mots sur une telle émotion.

Je ne parle pas d'émotion, Préaumont, mais de corps, de duvet, de sang, de tachycardie. Je parle de ce que vous lui avez fait, de vos caresses ignobles, vos baisers salaces, toute votre débauche. Le fait d'être curé ne vous a pas retenu ? Croire en Dieu ne vous a pas empêché de baiser des enfants ? La religion n'a-t-elle donc pas cette morale-là ?

C'est comme une drogue, murmure-t-il. J'en ai besoin pour me sentir vivant, de plus en plus, pour éprouver le monde, souffrir sa jouissance.

Il dit c'est mon mal et je l'aime.

Sous les liens de serrage en plastique, ses poignets saignent mais il ne réclame aucune indulgence. Il sait être un équarrisseur d'enfants. Un fossoyeur. Il est l'avilissement des hommes. La part dégénérée du monde.

Ce n'est pas la douceur de leur peau ni leur pureté qu'il convoite, pas davantage que l'émotion d'une première buée effleurée sur une vitre – mensonges que tout cela –, c'est leur innocence qu'il brûle de posséder, la maladresse de leurs mains, leurs bouches, et leurs culs de mouflets.

Tu es plus bas qu'un chien. Plus vil qu'un rat. Car ni l'un ni l'autre ne forniquent avec leurs petits.

Il sait l'irréparabilité des dommages causés aux enfants. À Benjamin. Ce qu'il a détruit en eux l'est à jamais.

Il en a fait des non-êtres.

Ils deviendront des adultes perdus dans une infinie détresse et une indicible culpabilité. Des mutilés. Des damnés, même s'ils se demandent un jour s'ils ont été maltraités ou aimés.

Et si certains ont eu du plaisir, alors il faudra entraver leurs mains pour qu'ils ne se crèvent pas les yeux et installer des barrières sur toutes les falaises connues et inconnues afin qu'ils ne se jettent pas dans le vide comme je crois, Isaac, que tu avais cherché à le faire avec les puits que tu creusais, entre Kadès et Sur, dans la contrée du Midi.

— Dites-moi tout, absolument tout ce que vous avez fait à mon fils.

Je suis fatigué, murmure-t-il. Vos menottes me cisaillent la peau. J'ai envie de pisser. Je vous ai donné tout ce que vous vouliez, mais vous n'écoutez pas. Vous êtes venu ici avec votre désir de sang. De vengeance. Et il vous la faut. Alors allez-y. Je comprends. Vous êtes un père et il s'agit de votre fils.

Je tire une chaise, m'installe tout près de lui.

Je pose ma main gauche sur la sienne, attachée à l'accoudoir, et l'immobilise.

La lame de mon couteau à désosser glisse entre le trapèze et le métacarpien, les sépare, puis tranche avec une facilité inattendue le muscle court fléchisseur et sectionne l'artère digitale. Le sang jaillit. Préaumont retient un hurlement quand son pouce se détache de sa main droite.

Je pose l'appendice sur la table, ce n'est plus qu'une virgule de chair, un affreux lombric rose, puis je m'attaque à l'index. Laisse faire ta lame, disait mon père, elle trouvera toute seule, et, telle une limace décharnée, le doigt rejoint le pouce devant le prêtre. Ces mêmes doigts qui la nuit abusaient du corps de mon fils et le jour lui offraient le Saint-Sacrement.

Enfin, je coupe le collier de serrage, libère le membre mutilé, applique un linge propre, et le lève un peu plus haut que son cœur. J'appuie longtemps sur la blessure pour ralentir l'hémorragie et, lorsqu'elle s'arrête enfin, je bande soigneusement la main du violeur de mon fils.

Il est livide. La douleur déforme son visage. Il a perdu cette beauté qui émoustillait les bigotes, rassurait les enfants. Il est toujours conscient et je suppose qu'il puise cette force dans sa foi en la souffrance de Jésus, mort sur la croix pour la rémission des péchés du monde.

Et soudain ma violence disparaît comme une eau sale s'évacue dans une bonde.

Il me semble revenir à la surface des hommes maintenant que ce fauve s'est échappé de moi, qu'il a emporté avec lui ma part monstrueuse, inhumaine, mon cœur de père.

Alors mes larmes.
Ma noyade.

Je ne suis même pas un immolateur, comme ton père, Isaac. Juste un bourreau.

Il est sur le point de tomber dans les pommes alors je le secoue, le ramène au monde.

Et il finit par se rendre.

Il dit qu'il y a eu une autre veillée, le lendemain. Un autre feu de joie. Des flammes de la hauteur d'un chêne de Bercé. Des morceaux de poulet qu'on grillait au bout de longs bâtons. Des pommes de terre dans du papier aluminium. Les cris joyeux des enfants quand on les sortait des braises brûlantes et qu'elles passaient de main en main – comme des patates chaudes, justement. Deux guitares, des chants de messe d'abord et, très vite, à l'initiative des plus turbulents, les chansons qu'on entendait à la radio et qu'on connaissait tous par cœur. Benjamin s'est assis près de lui. Il dit qu'ils ont chanté ensemble et qu'ils ont ri. Il dit que, plus tard, sur l'herbe froide, qui se perlait d'humidité parce que la nuit était tombée depuis un bon moment, il lui a effleuré la main, il précise que celle de Benjamin ne s'est pas crispée, et qu'ils sont restés longtemps ainsi. Il avoue son envie de lui.

Mes larmes me font honte et pourtant elles sont un chant pour mon fils.

Il dit qu'il a alors proposé à Benjamin de dormir dans sa chambre. Comme ça, on pourra se raconter plein de choses, on ne sera pas obligé de dormir dès l'extinction des feux. Benjamin a réfléchi un instant avant de dire oui. Le oui malicieux de ceux qui s'apprêtent à jouer un bon tour.

Il reconnaît qu'à ce oui, il a eu une érection. Et que lorsqu'ils se sont éloignés dans l'obscurité, qu'ils ont disparu aux yeux des autres, il a eu envie de caresser son cou. De l'embrasser. Il précise : de le lécher.

Je n'essuie plus mes larmes. Mon visage est celui d'un homme qui se noie.

Dans la chambre du prêtre, ils ont bu une limonade, partagé une barre de chocolat, ils ont parlé longtemps, se sont échangé des secrets, comme des gouttes de sang ; ils ont ri, ils ont soupiré dans les silences. Au loin, les voix se sont tues, les enfants ont regagné le dortoir, le feu a été étouffé, les lumières éteintes, et ils se sont allongés l'un contre l'autre.

Il dit que Benjamin paraissait excité par cette désobéissance, même s'il avait un peu peur qu'on se demande où il était passé, qu'on se mette à le chercher, qu'on le gronde. Il le rassure : l'abbé surveillant sait qu'ils sont amis, il ne dira rien, ils peuvent être tranquilles, et mon fils se détend.

J'ai alors caressé son front, repoussé la mèche de ses cheveux, je lui ai dit qu'il était beau, très beau, que sa peau était pâle, que là, et là, si on regarde bien, si on regarde de près, on voit tes veines, des petites rivières bleues, elles descendent là, le long de tes tempes, roulent sous tes joues, comme ça, contournent tes lèvres. Et mon doigt a caressé ses lèvres, je lui ai expliqué que se toucher, lorsqu'on est amis, est un cadeau qu'on se fait, quelque chose de rare puisque ceux qui ne sont pas amis n'y ont pas droit, et Dieu qui nous regarde se réjouit de notre amitié. Votre fils a paru rassuré, il était en confiance je vous assure. Mes doigts se sont enfoncés dans sa bouche, j'ai senti ses dents, j'ai eu envie de les toucher, envie qu'il me morde. Je lui ai demandé de sucer mes doigts.

Mon visage doit être effrayant parce qu'il s'interrompt.

— Je continue ? Vous êtes certain ?

Je ne sais pas pourquoi je veux entendre cela. Recevoir chaque mot comme un coup de couteau dans le ventre, au visage et dans le cœur.

Laisser chacune de ses phrases me saigner comme un porc, me vider de mes larmes.

Je veux tous ses mots afin de circonscrire le champ de l'horreur. Pour ne plus avoir d'ombres à imaginer, plus d'obscurités à redouter. Je ne veux nul recoin possible. Nulle pierre sous laquelle pourraient encore se cacher un lambeau de peau, une rognure d'ongle, une trace de sperme. Le moindre soupir. La moindre langue. Je veux jusqu'à son dernier mot, comme on extorque un dernier souffle.

Je veux que tout soit dit, tout soit craché, pour qu'il n'y ait plus rien. Juste ces dépouilles. Juste cette puanteur. Que mon imagination n'ait plus une miette à se mettre sous la dent. Que mes nuits n'aient plus de quoi m'assassiner. Et qu'un jour mes jours soient à nouveau lumineux et voient Benjamin renaître, sortir la tête la première, la tête haute, et cracher ses miasmes comme on se défait d'une bolée d'injures, avaler une nouvelle première gorgée d'air et hurler qu'il est vivant, vivant, que diable ! qu'il est parvenu à rester en vie, oui, malgré ce sexe qui l'a poignardé.

Il raconte qu'il a enlevé la chemisette de Benjamin, que Benjamin a alors croisé ses bras comme on pose une clôture. Je lui ai expliqué qu'on ne faisait rien de mal et je sais qu'avec l'usage de ce pronom indéfini, je le hissais à mon niveau, et lui laissais entendre qu'il était un compagnon. Un alter ego – ça veut dire qu'on est pareil toi et moi, qu'il n'y a pas de chef. Il lui a répété *on* ne fait rien de mal, *on* est deux amis qui se font du bien, et Jésus le sait. Tu ne crois pas que si c'était mal, Il nous arrêterait ?

Alors Benjamin a laissé les mains du prêtre le déshabiller, le toucher, caresser tout son corps et même ses fesses, son pénis de minot a durci et le prêtre l'a pris dans sa bouche.

Votre fils a étouffé un rire, puis il s'est abandonné.

Mes larmes qui ont cessé de couler produisent, en séchant, la brûlure d'un acide sulfurique.

Il ne s'est rien passé d'autre ce soir-là. Comme il grelottait, je l'ai recouvert, j'ai frotté ses épaules, sa poitrine, pour le réchauffer, je lui ai répété que ce que nous venions de vivre était très beau, que c'était notre immense secret et que personne d'autre que lui, Dieu et moi ne devait être au courant. Il a acquiescé. Il a bâillé. Il s'est retourné, face au mur, pour s'endormir.

Je lui demande si mon fils a pleuré, s'il a imploré, s'il nous a réclamés, sa maman et moi, est-ce qu'il a supplié que je vienne le chercher ? Est-ce qu'il a eu peur ? Est-ce qu'il a prononcé mon nom ? Même dans un murmure ?

Il a demandé son papa ?

Dites-le-moi.

S'il vous plaît.

Le lendemain il n'y a pas eu de veillée parce qu'il avait plu à seaux ; certains enfants ont regardé un film de super-héros pendant que d'autres faisaient des jeux de société, écoutaient des vieux disques sur un pick-up ou dansaient.

Préaumont et mon fils se sont à nouveau retrouvés dans la chambre du prêtre. Il raconte que ce soir-là il a suggéré à Benjamin de l'embrasser à son tour. De l'embrasser là. Là, sur le zizi, ajoute-t-il à la manière d'un enfant.

Et votre fils s'est exécuté. Quand j'ai joui, il a cru qu'il avait fait une bêtise. Il ne savait pas comment réagir. Je lui ai expliqué qu'il pouvait cracher, ou avaler. Qu'il n'y avait rien de sale. Que c'était le lait des hommes.

Mon cœur explose, fait fondre les grilles de mes côtes.

— Tu n'as pas envie de mourir pour revoir Papi ? demande Benjamin à ma mère.

/ Le temps d'avant.

Préaumont est épuisé. Il a perdu beaucoup de sang. Je le somme de continuer.

Je ne peux pas.

Continue, bordel !

Il raconte alors qu'à la colonie il n'est pas allé plus loin. Plus tard, oui. Après les vacances. Cela avait lieu le mercredi après le catéchisme. Une poignée de fois. Il raconte les sodomies, et ses mots, jusqu'à l'ignoble, m'ensevelissent.

Mes mains qui tremblent voudraient l'étrangler. L'asphyxier.

Il décrit. Froidement. Ainsi que je le lui ai demandé.

Il évoque la seconde fois un écoulement de sang. Et des larmes. Il m'entraîne dans la bourbe de sa perversion.

Je suffoque. Je soulève chaque pierre. Je l'ai dit, je ne veux pas d'ombres, pas de recoins sordides, je veux tout savoir pour ne plus rien imaginer de pire.

Et je vois la peur de mon fils. Les mains du prêtre sur son corps menu. Je vois son regard affolé. Je devine sa souffrance. Les torsions qu'elle lui impose sans que je puisse les empêcher. Je ressens son incompréhension. Mon bébé se noie et je ne tends pas les bras. Je crie mais aucun son ne jaillit. Je me demande quel père laisserait son enfant l'appeler tant de fois sans lui répondre. Quel Père resterait sourd aux cris d'effroi de son fils, *Eli, Eli, lama sabachthani*[1] ?

Samedi. Vingt heures.

L'abbé se tait. Il a fini.

Je lui donne à boire. Il se précipite. Une bête assoiffée, docile.

Il a tout dit et il n'y a pas eu une once de la tendresse qu'il évoquait ce matin. Juste une ignominie. Un viol qui n'a pas de nom.

1. « Mon Dieu, mon Dieu, pourquoi m'as-tu abandonné ? » Matthieu 27:46.

Capri est une île dans le golfe de Naples, située face à Punta Campanella, et connue entre autres pour sa grande beauté, sa villa Malaparte où fut tournée une partie du *Mépris*, ses euphorbes à l'inflorescence si particulière, ses lentisques et son romarin, ainsi qu'une chansonnette qui parle de la fin d'un amour. C'est sans doute pour conjurer le sort que Nathalie et Yves y partirent une semaine à la Toussaint, avec l'idée de se donner une dernière chance – quand je te dis, Édouard, que tu as encore la tienne ! exultait ma mère –, de retrouver cette passion qui se suffit à elle-même et donne la force de tout quitter.

J'eus donc Benjamin auprès de moi pendant quinze jours. Il se montra taciturne et triste, et restait de longues heures allongé sur son lit, petit radeau de la Méduse. Il se mettait parfois à sangloter sans raison.

Je lui proposai d'aller voir *L'Âge de glace*, ou l'expo sur le Moyen Âge à la Cité des sciences à la Villette, on prendra le train, ou bien d'aller à la mer, au Touquet, on fera du char à voile, du poney, tu peux tout me demander, Benjamin, tout me dire. Je t'aiderai toujours, mais pour cela, il faut que tu me parles.

Il ne parla pas.

Et toujours cette merde dans mes yeux.

Ma mère, qui déjeunait chaque jour avec nous, lui trouvait aussi mauvaise mine.

Il couve peut-être quelque chose, dit-elle, va savoir. C'est la période de l'influenza et des gastro-entérites.

Et Benjamin soudain repousse son assiette et vomit. Il est sur le point de tourner de l'œil. Je me précipite. Le prends dans mes bras. Sa peau est froide. Il a des spasmes. C'est un pantin. Mes bras sont les brins qui le retiennent. Il dit le ventre. Le ventre. Ça fait trop mal. Le SAMU arrive vite. Son abdomen est une pierre. L'urgentiste craint une occlusion intestinale. Il l'examine rapidement. Décide l'hospitalisation. Et l'ambulance nous emporte, mon petit garçon et moi, vers le blanc, les néons et l'éther.

Plus tard un médecin vient me trouver.

Votre fils est sévèrement constipé, dit-il, les selles se sont accumulées dans les intestins et ont créé une pression, notamment dans le rectum. On constate des fissures anales, sans doute causées par cette pression.

Je suis effondré. Je demande pourquoi.

Il répond qu'une proctographie d'évacuation ou une IRM apporteront un élément de réponse.

Et il part rejoindre mon fils en salle d'examen.

Je suis de nouveau seul. J'appelle Nathalie sur son île, lui laisse un message affolé.

Elle ne rappellera pas.

J'attends. Je me rassure. L'appendicite. Une colite. Mais la seconde d'après, je me dis qu'il va mourir. Je ne sais plus. Je voudrais mon père. Je voudrais ma mère. Je voudrais que quelqu'un me rassure enfin. Qu'il extraie de moi cette peur qui me pétrifie.

Mes yeux s'embuent. Je ne feuillette pas les magazines aux coins nécrosés. Je suis incapable de regarder les images grotesques du monde qui défilent sur l'écran de télévision muet. Je respire lentement pour éviter cette panique qui m'asphyxie.

Un peu plus tard, une infirmière vient chercher le patient assis à quelques sièges de moi, puis elle revient, invite une femme au visage tuméfié à la suivre.

À présent, je suis seul dans la salle d'attente.

Je sors demander des nouvelles de mon fils, on me répond que les docteurs s'en occupent, qu'il n'y en a plus pour longtemps. On va venir vous chercher. Retournez vous asseoir, s'il vous plaît.

J'attends depuis plus de trois heures.

Dans un hôpital, notre docilité ressemble furieusement à la capitulation.

Faites qu'il n'ait rien de grave, je vous en prie.

Je prie parce que j'ai peur. Je prie parce que je suis seul. Je prie parce que je suis impuissant. C'est quand on ne maîtrise plus sa vie qu'on la remet entre les mains d'un autre. Que notre lâcheté l'emporte.

On a tous besoin d'un sauveur.

Un nouveau patient entre dans la salle d'un pas calme, me salue d'une voix sourde et s'assied face à moi. Il n'y a personne d'autre que nous deux. Je lui souris à peine et retourne à mes prières, mais le voilà qui se penche en avant, les coudes sur ses genoux, se tend vers moi et murmure :

Julien Godart, brigade de protection de la famille. Je voudrais vous parler de votre fils.

Le médecin arrive précisément au même moment.

Nous allons garder Benjamin un jour ou deux, annonce-t-il. Mais, soyez rassuré, il n'y a rien de grave. Nous traitons l'occlusion, il a besoin de beaucoup de repos.

Il baisse les yeux avant d'ajouter :

Je crois que vous devriez maintenant parler avec le lieutenant Godart. Oui, c'est ce qu'il y a de mieux à faire.

Le monde s'écroule.

Malgré la prévenance et l'amabilité du lieutenant Godart, ses paroles sont d'une violence inouïe : « Possibilité de signes discrets en rapport avec une violence sexuelle. Connaissance sexuelle inadaptée à son âge. Blessures anales. »

Il se peut, il est même probable, que votre fils ait subi des violences sexuelles. Mais l'état d'un corps n'est malheureusement pas une preuve formelle. Juste une suspicion. Un caillou qui peut mener à la vérité. Le silence étouffe les victimes, vous savez, mais paradoxalement il est aussi un aveu.

Ses yeux vrillent les miens. Je devine que tout peut basculer en un instant. Pour un mot. Un geste.

C'est difficile, poursuit-il, presque impossible quand on a dix ans de parler d'un tel acte : la culpabilité est un véritable bâillon. Qui va me croire, se demande l'enfant. Puis-je dénoncer ceux qui m'aiment ?

Je n'ai pas de mots. Je n'ai que des larmes. La voix du lieutenant devient plus grave. Presque menaçante.

Avez-vous abusé de votre fils, monsieur Roussel ?

Je le regarde, désarçonné. Effaré.

Pardon ?

Avez-vous abusé de votre fils, monsieur Roussel ?

Je voudrais hurler les pires injures, crier à la honte, au scandale, mais c'est un *non* calme qui s'envole de mes lèvres. Non, je n'ai pas abusé de mon fils. Comment pouvez-vous. Et j'ajoute, sans vraiment le vouloir, je n'ai pas ce langage-là.

Les épaules du lieutenant semblent se relâcher. Il feuillette son carnet.

C'est ce que dit également votre mère, monsieur Roussel. Et votre femme.

Ma femme ? Vous avez parlé à ma femme ?

Oui. Pendant ces trois heures où nous vous avons fait attendre. Elle sera là demain.

Il vérifie ses notes.

Ainsi qu'à une certaine Melissa Glières, la maman de Cerise, une camarade de classe de votre fils, qui témoigne magnifiquement de vous.

Alors pourquoi vous me soupçonnez ? C'est dégueulasse.

Parce que, lorsque le médecin lui a demandé qui lui a fait du mal, votre fils n'a prononcé qu'un seul mot. Père.

Il a juste dit, père.

Père. Curé. Caté. Colo.

Il a sept ans. Un oisillon est tombé du nid. Il gît dans l'herbe, pétrifié. Raide mort. Je propose à Benjamin de l'enterrer. Il s'y oppose.

— Comment il s'envolera s'il est enfermé dans la terre ?

/ Le temps d'avant.

Benjamin dort.

Je m'effondre dans le fauteuil près de lui. Je devine sous le drap son corps fragile et martyrisé. Je comprends enfin les douleurs au ventre, l'anisme, les cauchemars, et l'insomnie qui force à rester sur ses gardes. Et la merde de mes yeux se dissout.

Je suis devenu un criminel par inattention. Une indignité de père.

Le médecin passe plus tard, vérifie les constantes de mon fils, me rassure : Il pourra sortir demain dans la matinée.

Je m'endors auprès de lui, dans le fauteuil de skaï beige sur lequel ont dû rouler tant de larmes.

Après un petit déjeuner *à la grimace*, entre un autre médecin. Il prescrit un sédatif puissant, ordonne de nouveaux examens sanguins, et recommande deux thérapeutes, laissez-le choisir celui avec qui il se sentira le plus à l'aise, et une association d'aide à l'enfance maltraitée. Il faut agir rapidement, explique-t-il, avant que la culpabilité, le dégoût de soi-même ou la honte ne le paralysent.

Puis il se tourne vers mon fils, lui adresse un sourire incroyablement humain.

— Tu n'es pas responsable de ce qui t'est arrivé, Benjamin. Ne l'oublie jamais. Tu n'y es pour rien.

Nous sommes restés tous deux silencieux en rentrant à la maison.

J'ai conduit aussi prudemment qu'au retour de la maternité. Je m'en souviens encore, Nathalie assise sur la banquette arrière, notre bébé dans ses bras – un trésor de verre.

Benjamin, le front posé sur la vitre de la portière, contemple dehors la banalité du monde.

On l'a arraché à l'enfance avec un déchaînement de bête fauve. À bientôt onze ans, à l'âge des premiers vrais copains, des premières grandes rigolades, il n'est de barbarie qu'il ne connaisse déjà. Il a goûté la boue des hommes. Il sera désormais, et à jamais, privé de la joie du mystère, du plaisir de l'attente, de la découverte et de la poésie. La pureté d'un ruisseau à ses yeux sera invisible, il baigne dorénavant dans le marigot de l'obscénité du monde.

En pensant à toute cette sauvagerie, je suis incapable de retenir mes larmes et mon fils pose sur mon épaule sa main légère comme un piaf.

Blasphème ! Blasphème ! Je devrais te laver la langue à la paille de fer. Je t'interdis de dire de telles horreurs, Édouard. C'est pire qu'un péché. C'est une profanation. Agenouille-toi. Prie. Implore Son pardon. Comment peux-tu parler ainsi ? Prêter le flanc aux impies, aux apostats qui veulent la chute de notre Église. Il y a déjà assez de fétidités sur Terre pour que tu en rajoutes avec tes mensonges. Comment peux-tu imaginer une seule seconde que l'abbé qui m'a accompagnée lorsque ton père se mourait, qui a été là pour moi ensuite, qui est devenu un ami, qui s'est occupé de Benjamin au catéchisme, qui a pris soin de tant d'autres petits, un homme pieux, délicat, et tellement cultivé, comment peux-tu l'accuser de telles immondices ? Les enfants racontent souvent n'importe quoi pour se rendre intéressants. Depuis votre divorce je vois bien que ton fils est désorienté, alors il affabule pour attirer votre attention. Je te l'ai dit cent fois, tu dois reprendre ta femme, reconstruire votre famille. Tout vient de là, tous les chagrins viennent de ce qu'une famille ne dure pas, crois-moi. On doit se sacrifier à ceux qu'on aime. Alors je t'en prie, Édouard. Entends l'appel à l'aide de ton fils, écoute-le, et marche vers lui, mais n'accuse pas l'abbé, cela te rabaisse au niveau des hérétiques.

Et elle fond en larmes, et il me semble que jaillit là toute une vie de pleurs confisqués. Elle court s'enfermer dans sa chambre comme au temps où le diable dégustait les entrailles de mon père.

Nathalie est revenue prématurément de Capri à cause bien sûr de ce qu'elle venait d'apprendre par le lieutenant Godart mais aussi parce qu'elle avait eu confirmation à mille cinq cents kilomètres d'ici, qu'il y avait finalement trop de vin dans le gaz entre Yves et elle.

Nous nous sommes retrouvés dans une brasserie où, avant le fracas, nous avions autrefois quelques habitudes – où nous nous étions échangé les livres que nous aimions, *Du plus loin de l'oubli*, *La Lenteur*, en rêvant d'une vie possible, heureuse. Je lui ai raconté tout ce que je savais sur le calvaire de notre fils, je lui ai confié ma fureur grandissante, ce qu'elle risquait d'entraîner ; elle n'a pas cherché à me retenir, et, contrairement à la plupart des parents qui en pareil cas se crachent au visage, s'arrachent les yeux, se déchirent et se rejettent la faute, nous nous sommes étreints longtemps, comme deux personnes qui se retrouvent après l'incertitude d'une guerre, deux corps harassés, transpercés, nous avons laissé nos larmes couler, noyer nos bouches, étouffer nos mots, qu'avons-nous raté, Édouard ? Pourquoi n'avons-nous rien vu, Nathalie ? Pourquoi ?

On dirait un gisant.

Préaumont est allongé sur son lit. Il somnole. Il se plaint de maux de tête. Il a vomi tout à l'heure. Je suppose que ce sont les effets secondaires du patch périmé de Durogesic que j'ai trouvé dans la pharmacie – un antalgique puissant à base de Fentanyl. Je suis assis à côté de lui et je le veille. Je le veille comme je veillais mon fils nouveau-né, je le veille comme parfois je veillais ma femme après avoir fait l'amour alors que je savais déjà qu'elle allait me quitter. Je veille mon ennemi comme je ne l'ai jamais été par ceux qui m'aimaient et je me dis que si Préaumont meurt cette nuit, alors il n'y aura pas de réparation pour Benjamin. Je deviendrai un assassin, la Justice aux yeux bandés réclamera son talion, son *contrapasso* qui exige que le châtiment soit à la hauteur du délit. Elle l'estimera à une peine de trente ans de réclusion criminelle, assortie d'une période de sûreté de dix-huit à vingt-deux ans et laissera les pervers continuer à englander des enfants contre la modique somme de trois ans de prison dont un avec sursis.

Le téléphone sonne et je sursaute.

Je file dans la sacristie. Décroche.

— Préaumont ?

— Non.

Je bredouille.

— Il est occupé.

— Ah. C'est le père Delaunoy à l'appareil, il m'a laissé un message disant qu'il était urgent que je le rappelle.

— Je. Je sais. Je suis Édouard Roussel, le papa de Benjamin. Benjamin Roussel.

Un long silence s'étire de l'autre côté du fil. J'entends un raclement de gorge.

— Je vois, murmure Delaunoy.

— Je sais ce que Préaumont a fait à mon fils. C'est une immondice.

Nouveau silence. Plus bref cette fois. Puis un soupir.

— C'est une situation délicate, reprend Delaunoy. Qui demande beaucoup d'humilité et de compréhension et pour laquelle, monsieur Roussel, je vous demanderais de songer au pardon.

Je m'apprête à protester, mais il m'interrompt :

— Le pardon est le contraire de la vengeance, il permet de mettre fin aux conséquences de la première faute. Et c'est justement cela que nous souhaitons, vous et moi. Que cela s'arrête. De plus, monsieur Roussel, le pardon permet à la victime de ne pas traiter l'autre de la même façon qu'elle a elle-même été traitée, et donc de ne pas s'enfermer dans le ressentiment. Car la colère est une souffrance bien pire encore. Il faut pardonner, croyez-moi. Le pardon brise le cercle de la violence qui a rendu le crime possible. Celui qui pardonne se libère de son rôle de victime et reconquiert son humanité. Accabler les fautifs est vain. Mon fils, et permettez-moi de vous appeler ainsi car nous sommes dans le même amour, entendez-moi : le pardon est la seule issue possible. Oui, il signifie renoncer à tout dédommagement pour la peine éprouvée, mais la Bible ne nous enseigne-t-elle pas, dans la première lettre aux Corinthiens, que l'amour désintéressé est le fondement du vrai pardon, puisque l'amour ne tient pas compte du mal subi ? Pensez-y, mon fils, pour le bien du vôtre, ajoute-t-il avant de raccrocher.

La tonalité du téléphone, comme un acouphène insupportable, vrille longtemps mon oreille. Alors je cogne le combiné contre le mur jusqu'à ce que la bakélite explose – à l'image de mes entrailles – et que le silence se fasse.

Vite ! Viens voir, me dit Nathalie.

Je la suis jusqu'à la chambre de notre fils. Elle entrouvre la porte et nous l'observons, ensorcelés. Depuis plusieurs minutes, Benjamin est pris d'un incontrôlable fou rire qui déclenche le nôtre. Il n'a que quelques mois. Ce jour-là, c'est lui qui nous donne la vie.

/ Tous ces temps d'avant qui ne nous seront plus d'aucun secours.

DIMANCHE

Dans le ciel encore sombre, entre les nuages, percent des éclats de jour, et je ne peux m'empêcher de penser à la lumière qu'on apercevait au bout du long tunnel, non loin de chez nous. Je criais fonce, papa, fonce ! Et mon père accélérait modérément et il me semblait, chaque fois, que j'étais en train d'être sauvé.

Le café coule.

Ma mère m'avait raconté que son grand-père le mineur de la fosse Saint-Mathieu avait pour habitude, une fois sa tasse de chicorée bue et encore chaude, de la remplir de cognac, afin que les résidus de sucre se dissolvent totalement dans l'alcool, et de la boire cul sec avant de descendre, à l'aube, dans les boyaux du monde – et je me demande ce matin si Préaumont n'a pas lui aussi besoin d'une Bistoule. De sang aux joues.

J'ai refait son pansement. La plaie m'a paru nette et propre, mais je ne suis pas médecin, je ne connais que la découpe des viandes. Je change son patch de Durogesic, lui tends un café, une biscotte ramollie, il baisse les yeux, murmure un remerciement. Il ne se ressemble plus. Il n'est plus qu'une ombre.

Il me demande si je vais le tuer.

Je m'assois alors sur le lit, près de lui. Je le regarde un long moment avant de répondre.

Vous avez martyrisé mon fils, Préaumont, vous l'avez condamné à une réclusion perpétuelle en lui-même. Quel est le *contrapasso* de ce crime ?

Il esquisse un geste d'impuissance.

Figurez-vous que c'est en pensant à Isaac, dont le nom signifie « Fils de la Promesse », que j'ai trouvé la réponse. Écoutez-moi bien.

Lorsque Yahvé a arrêté le geste criminel d'Abraham, Isaac a, de fait, été recouvert d'« une sorte de résurrection[1] ». C'est dans cette palingénésie, Préaumont, que j'ai compris le message : même violenté, même violent, victime ou innocent, chacun de nous possède en lui une lumière indéfectible. Celle de la promesse héritée d'Isaac. La promesse de pouvoir faire triompher la vie pour les descendances et les descendances, et c'est pourquoi, malgré son envie de se jeter au fond de ses puits, Isaac a engendré Jacob qui a engendré les Douze Tribus qui ont mené à nous.

Alors non, je ne vais pas vous tuer.

J'ai décidé que votre part d'humanité serait votre *contrapasso.*

---

1. Hébreux 11:19.

Votre châtiment sera de l'utiliser aujourd'hui pour éclairer publiquement votre part de ténèbres et celle de l'Église, afin qu'elles ne puissent jamais plus attenter à aucun enfant.

Mais si vous ne le faites pas, alors, oui, je vous tuerai.

Il relève doucement la tête.

Ses frayeurs ont déserté son visage, le sang est revenu à ses joues. Il est de nouveau beau comme un frère. Comme un ami. Un homme en paix.

Il dit merci de me permettre d'être à la fois le glaive et le corps transpercé.

Il dit aimer c'est aussi se charger des douleurs des autres.

Vous n'avez pas idée, ajoute-t-il, de ce que j'ai décidé de porter pour vous.

Comme le Christ l'a Lui-même dit à Pierre dans le jardin de Gethsémani peu avant de se livrer pour être supplicié : « La coupe que m'a donnée le Père, ne la boirai-je pas[1] ? » Alors même s'il ne répare pas le mal fait, je crois au sacrifice de soi qui sauve les autres et crée un monde où je ne serais plus.

Votre douleur était si grande que, hier, j'ai déjà choisi de sacrifier une part de moi et ce sacrifice a été une joie.

Tout à l'heure, j'irai plus loin encore. Et mes cris seront de gratitude.

---

1. Jean 18:11.

Les cloches sonnent. Elles sont la voix de Dieu qui appelle son peuple.

J'ouvre les portes de l'église un peu avant dix heures et le père Préaumont, vêtu de ses habits de sacerdoce, de l'étole verte du temps ordinaire, accueille ses fidèles surpris par sa main bandée, son teint si pâle et ses yeux cernés. À mesure qu'ils avancent dans l'église, ils découvrent horrifiés son saccage – chaque scène de guerre est un charnier d'espérances. Les uns se signent, d'autres ravalent leur inquiétude, une femme gémit, un homme manque de trébucher contre une chaise démembrée, un enfant ramasse une hostie au pied d'un pilastre et la monte à sa bouche, sa mère lui donne une claque sur les doigts.

Le prêtre invite chacun à se rapprocher du chœur – n'ayez pas peur, je vais vous expliquer.

À dix heures, l'église est pleine, comme pour un dimanche privilégié, Christ-Roi ou Rameaux, par exemple. L'assemblée de fidèles ressemble à une petite armée en déroute qui foulerait les membres du Christ, le corps de la Vierge redevenue poussière, le visage des saints, les lambeaux de peaux du Chemin de croix.

Quand il monte sur la chaire dont j'ai détruit la cuve, Préaumont me regarde et me sourit.

Je suis au premier rang.

Mes frères – bien que faible, sa voix porte loin dans les travées, haut dans la nef.

Ce ne sont pas des voyous, des pilleurs de troncs qui ont dévasté cette église.

Non.

C'est la colère de Dieu qui l'a saccagée. Son immense courroux contre les pécheurs et les hérétiques, contre ceux qui souillent Sa parole s'est réveillé.

Cette église a été anéantie par Sa foudre contre moi. Je dis bien contre moi, le père Geoffroy de Préaumont, prêtre par sacrement, « homme revêtu de tous les pouvoirs de Dieu ». Mais j'ai failli, alors Son ire s'est abattue sur Sa maison.

Quelques murmures incrédules parcourent l'assistance. Je me retourne et aperçois ma mère à la hauteur du narthex, les yeux rouges, la tête couverte d'un fichu sombre. Nathalie se tient à côté d'elle, ses bras enserrent Benjamin.

Sa fureur s'est réveillée parce que j'ai appelé le Mal, que je l'ai laissé s'insinuer en moi, prendre possession de mon âme et de mes désirs.

Une voix s'élève : Vous êtes un bienheureux, mon père, pas un pécheur !

Et parce que je n'ai pas protégé ceux que j'avais la charge de consoler et de chérir. Et l'Église a fermé les yeux. L'évêque de notre diocèse a fermé les yeux. Le Vatican a préféré se coudre les paupières et manipuler les magistrats. Alors je me suis plu à imaginer que leur cécité était une forme d'assentiment. Car si les pères ne condamnent pas, si les pères n'interdisent pas, si les pères ne punissent pas, alors les fils conjecturent qu'ils ont tous les droits.

Quelques paroissiens profitent des brefs silences du prêtre pour se moucher. D'autres grondent – pharisiens de la joie mauvaise.

J'ai cru que j'avais ces droits et j'ai continué puisque Dieu ne m'arrêtait pas, ne me punissait pas. Sous couvert de cette étole, de cette chasuble, j'ai abusé de votre foi. J'ai abusé de la crédulité des simples et des enfants.

Car j'ai aimé vos enfants.

Des protestations s'élèvent sous la nef.

En vérité, je mentais. C'est moi que j'aimais. Moi seul que j'aimais en aimant leur corps, en humant leur peau.

C'est mon propre plaisir que j'idolâtrais.

Un homme hurle. C'est une honte ! Un autre. Taisez-vous, laissez-le finir ! Une femme pleure. Ne jugez pas trop vite, on sait tous à quoi ressemblent les enfants à cet âge-là, ce sont eux les diables, les ensorceleurs ! On vous aime, l'abbé ! Tais-toi, mégère ! Pédé !

Préaumont lève les bras, le calme revient. Je jette un coup d'œil vers la porte de l'église. Ma mère – je suppose que chaque mot de cette confession est une pierre qui la lapide – s'est assise à même les dalles glacées près des fonts baptismaux. Elle tremble, elle semble si fragile. On dirait une femme de dentelles. Benjamin, qui m'aperçoit entre les branches des bras des paroissiens, m'adresse un petit signe.

J'ai abusé des enfants. Je me suis servi d'eux.

Mais voilà que récemment un homme, tel l'ange qui a retenu le bras d'Abraham, est venu afin de me faire prendre la mesure de mes actes envers chacun de ces enfants, que je refusais de voir. J'ai souillé leur intimité, j'ai profané leur corps, j'ai fracassé leur cœur, sans doute pour le reste de leur vie. Cet homme m'a donné la force de vous demander pardon.

Il pleure.

Le pardon n'est pas une rémission, poursuit-il. C'est juste une promesse, un espoir. Celui de créer le temps et l'espace où se reconstruire. Il n'est pas une fin en soi mais un commencement.

Je te demande pardon
Tom Lallemand
Enzo Palomares
Lucas Devillard
Mathis Rigollet
Thomas Tarouensaid
Hugo Blondel
Nathan Chantelrose
Léo Dujardin
Baptiste Puech
Paul-Gabriel Constant
Jules Ducrocq
Axel Lefebvre
Florian Carpentier
Esteban Petrakos.

Il s'interrompt. Avant de m'offrir son sacrifice. Il tremble. Il me fait penser au condamné à mort de Hugo, « Une sueur glacée est sortie à la fois de tous mes membres », lorsqu'il ajoute :

Benjamin Roussel.

Dans l'église, retentissent alors la fureur des hommes et les cris des mères – parmi eux je reconnais la longue plainte de Nathalie. S'ensuit un long silence, vibrant et douloureux, durant lequel les noms des quinze enfants semblent papillonner au-dessus de nos têtes, frôler nos visages, lacérer nos paupières pour nous rappeler que chacun d'eux est vivant.

Mutilé. Fracassé. Détruit. Mais vivant.

« Si vous pardonnez aux hommes leurs offenses, votre Père céleste vous pardonnera aussi[1]. » Il faut en finir avec ce mensonge, reprend-il. La personne qui m'a visité ces derniers jours m'a aussi fait comprendre qu'aucun homme ne peut se soustraire à la justice, fût-il « homme » de Dieu, que l'Église n'est pas une terre sacrée qui peut agir impunément à la manière d'une mafia. Le pardon n'est pas la justice. La justice est une tentative pour rééquilibrer le monde, et si elle n'est pas faite pour les victimes puisqu'elle ne leur répare rien, elle tente de délimiter ce qu'elle définit comme étant le mal, afin de contenir la colère des peuples. On met trop d'espoir dans la loi. On pense qu'elle est juste, mais c'est faux.

Dans notre Évangile, il est dit que le châtiment doit être à la hauteur du crime.

Cette nuit, je me suis coupé deux doigts.

---

1. Matthieu 6:14.

Des chuchotements horrifiés parcourent l'assistance lorsque Préaumont lève sa main dont le bandage s'est teinté de pourpre.

J'ai mutilé cette main qui touchait à la fois le corps du Christ et le corps des enfants.
Cette main qui bénissait et trahissait.

Il s'interrompt quelques secondes. Il s'agrippe à la partie de la chaire que je n'ai pas descellée. Il puise en lui ses ultimes forces.

Je ne suis pas le seul. Nous sommes nombreux à avoir – il hésite sur le choix du mot – *violé.* Et je prie pour que mes frères criminels se rendent et se repentent Dénoncez ceux qui abusent de vos enfants, qu'ils soient hommes d'Église, parents, professeurs, amis, frères ou voisins.
Ils sont la dégénérescence.
Ils sont la fin du monde.

Le prêtre se tait. Il est épuisé. Il me regarde comme s'il n'y avait que moi dans l'église. Son teint est livide. Sa bouche déformée. Ses yeux sont remplis de larmes. Il ne les essuie pas. Elles sont ses lettres écarlates.

Jésus a donné sa propre vie en sacrifice sur la croix du Calvaire. Il devait être la dernière victime. Je donne plus modestement la mienne à la justice des hommes, par amour pour vous. Je voudrais être le dernier coupable.

Puis il désigne de sa main mutilée le fond de l'église où sont les gendarmes et les pompiers que j'ai appelés et que nul n'a vus entrer. Il n'y a plus aucun bruit.

Juste le silence. Cette reddition.

Préaumont m'adresse alors un dernier sourire triste et son corps, qui n'est plus retenu que par la cuve de la chaire que j'ai arrachée, bascule soudain en avant, s'écrase sur le sol, deux mètres plus bas, sa tête heurte les dalles glacées, il ne bouge plus.

Il est tombé dans le silence.

Seuls les pas des deux pompiers qui se précipitent vers le corps inerte résonnent sous le haut-vaisseau, se cognent aux collatéraux – on dirait un envol de corbeaux. L'un des secouristes prend le pouls du prêtre, plaque sur son visage un masque à oxygène. L'autre plante une perfusion dans son bras. Ils l'installent sur une civière.

Lorsque le brancard passe près de lui, Benjamin regarde le corps brisé du prêtre et je lis dans ses yeux une incompréhension infinie.

Je dois maintenant te dire, Benjamin, frère d'Isaac dans le silence, tout ce que ce chemin de douleur pour retrouver ton tourmenteur a changé en moi pour mes dix descendances à venir.

Par la grâce de ma mère, j'ai été, tu le sais, élevé dans l'amour du monde, dans l'idée de la rémission des péchés et dans la croyance en la bonté des hommes. Et j'y ai cru. Tu sais aussi, pour connaître quelques-uns de mes souvenirs, que j'ai traversé l'enfance comme on court dans un champ de fleurs et que le ravissement qu'on y ressent rend indolores les égratignures de quelques épines, et j'imagine que tu ne connaîtras jamais cette félicité, que ton enfance restera un charnier.

J'ai aimé les mains de mon père qui puaient le sang, même si elles n'ont jamais tenu les miennes, et j'ai aimé, moi, tenir les tiennes.

À l'aube de ce siècle, j'ai rencontré ta maman dans une liesse qui a été ton berceau. Nous t'avons veillé en pensant que tu deviendrais une multitude de bonheurs, que ta présence sur terre y apporterait toute la joie dont elle avait besoin – un après-midi, tu avais quelques mois, tu as été pris d'un fou rire incroyable et ce rire a entraîné le nôtre. Ce souvenir reste pour moi l'un des plus beaux de notre famille.

J'avais, à l'époque de ce rire, pensé que rien ne devrait jamais venir t'en priver, qu'il était ce que nous avions tous les trois de plus précieux, que tu étais rare et que je devais toujours te protéger du mal qu'on peut nous faire. Et puis Nathalie est partie. Notre famille a volé en éclats et, comme ce jour sur la plage de Merlimont où tu as failli être emporté par un cerf-volant, le souffle de notre séparation t'a poussé dans les ombres du monde, jusqu'aux bouches et aux bras assassins. Et je n'ai rien vu, Benjamin. Je n'ai rien senti de toi, ma chair, qui brûlait. Je n'ai pas entendu tes cris. Je ne les ai compris qu'après, une fois le sang versé. Une fois le sang infecté. Quand il était trop tard. Quand les pères ont laissé leurs enfants les appeler tant de fois sans leur répondre.

Tu ne peux pas imaginer la colère qui s'est alors emparée de moi, Benjamin. Je me suis haï. Puis j'ai haï ma mère, et j'ai haï ta mère. Et plus encore cet homme qui t'avait fait du mal, cette engelure que j'ai fini par trouver parce que ta grand-mère est bavarde. Je l'ai frappé. Je l'ai torturé. Je suis moi-même devenu une espèce de bête sauvage, parce qu'on avait attenté à sa progéniture. J'ai voulu déchiqueter la chair de celui qui t'avait abusé, souillé, violé. J'ai voulu lui couper les doigts, la queue, le démembrer et le jeter au feu pour qu'il devienne cendres et disparaisse à jamais de toi. Mais je n'ai pas pu.

Je ne suis pas capable de tuer un assassin, Benjamin, fût-il le tien.

Je te parle de ce que nous ne sommes pas capables de faire malgré ce qu'on nous a fait. Je te parle de notre lâcheté millénaire, à moins qu'elle ne soit notre humanité millénaire. Je n'ai réussi qu'à détruire sa vie, comme il a détruit la tienne. J'ai tenté de l'immoler pour débusquer son silence. C'est le *contrapasso* que j'ai trouvé pour lui rendre le mal qu'il t'a fait. Comme on rend un caillou qu'on vous a donné.

J'espère que tu seras d'accord avec ce jugement, Benjamin, et que tu le trouveras juste ; même si la justice ne répare pas, même si elle n'est pas faite pour les victimes et en devient presque leur négation.

Je veux te demander pardon de n'avoir pas su te protéger mais je crains que tu ne sois plus capable de pardon. Plus capable de rendre un bien pour un mal. C'est quelque chose dont le poinçon de ton abuseur t'a aussi amputé. En cela, dans nos vies attentées, nous sommes toi et moi semblables désormais. Nos cœurs se sont retournés tout à fait. Nous avons arrêté de croire aux Églises, à la mansuétude et à la bonté de nos frères humains. Nous croyons désormais au châtiment, et cela tant que l'amour restera plus vulnérable que le mal. Et le mal, croyez-nous, vous qui connaissez maintenant notre histoire, prolifère à une vitesse vertigineuse, il n'est pas rare qu'un dépravé en remplace un autre qui en remplace un autre, et ainsi de suite pour l'éternité car ils sont comme du chiendent.

Ce monde ne sera guéri que lorsque les victimes seront nos Rois.

D'AUTRES JOURS

Le printemps est de retour.

On voit de minuscules feuilles qui bourgeonnent aux branches et j'apprends à mon fils le nom des arbres : épinettes de Norvège, hêtres tortillards, cerisiers tardifs, qu'on appelle aussi cerisiers noirs. On entend à nouveau des rires le week-end dans les jardinets voisins. Les brocantes réapparaissent dans les quartiers, on s'y débarrasse de ses jouets – je cherche toujours pour Benjamin une maquette au 1/16ᵉ d'une Spitfire MK IV –, de ses livres, ses vinyles aux couvertures fanées : Marcel Amont, Guy Béart, Annie Cordy, *La Bonne du curé* – elle a la coiffure de Mireille Mathieu, en blond, les yeux grands ouverts, un chemisier noir aux motifs fleuris, un tablier clair autour de sa taille.

— Pourquoi tu souris, papa ?

— Parce que ce disque me fait penser à ma mère. À ton âge, je me moquais d'elle avec cette chanson, et ça l'agaçait beaucoup.

Nous nous regardons, le cœur lourd. Je repose le quarante-cinq tours dans le bac, comme on remise une partie de sa vie.

Après la confession et l'arrestation du père Préaumont, ma mère avait, sur le parvis de l'église, pris son petit-fils contre elle, éclaté en sanglots, puis elle avait rouvert ses bras, lentement, comme une eau qui se retire, et elle avait laissé mon fils s'échapper d'elle, s'éloigner de sa faute. Je ne l'avais alors pas encore compris mais, dès cet instant, elle n'était plus une rive, mais un corps à la dérive. Une âme évaporée. Elle s'était relevée avec difficulté, s'était détachée de nous, sans un regard pour moi, sans une tendresse pour Nathalie. Ses yeux étaient déjà couverts de bourbe, et des stigmates grenat comme des pyropes commençaient d'éclore au creux de ses mains.

Nous ne savions pas que nous la voyions pour la dernière fois.

Elle était rentrée chez elle ce dimanche d'apocalypse et avait, écrivit-elle dans la lettre qu'elle nous laissa, longtemps prié « sans se lasser[1] ». Elle avait ouvert son cœur insaisissable en espérant que « sa prière monte devant Sa face comme l'encens[2] ». Elle avait pleuré avec ceux qui pleurent et souffert avec ceux qui souffrent. Elle avait dit son adoration, ses actions de grâce, elle avait offert son repentir, son

1. Luc 18:1.
2. Psaumes 141:2.

abandon à Dieu puis donné toutes ses affaires aux bonnes œuvres de la paroisse, avait acheté un aller simple pour Montpellier dans le but de rejoindre, le plus loin possible de nous, l'Ordre des Carmes Déchaux Séculier de la Réforme thérésienne pour y finir sa vie imprégnée de l'esprit d'oraison contemplative sur le modèle de la Vierge Marie, mais aussi de zèle apostolique.

Elle ne voulut jamais nous revoir.

À la brocante j'ai acheté pour Benjamin deux jeux d'occasion pour sa PlayStation et quelques albums de *Tintin* que je tenais à lui faire découvrir. Il faisait très beau. Parce qu'il mange si peu, nous avons partagé un cornet de frites. Nous avons plaisanté parce que la mayonnaise lui dessinait une demi-moustache et j'ai aimé le rire de mon fils à cet instant, j'ai aimé ces notes claires qui n'avaient pas dansé depuis longtemps.

Je sais que ce n'est qu'un répit, un bref cadeau car les ombres rôdent toujours, les dents cannibales, les doigts crochus. Les troubles gastro-intestinaux sont toujours là, les poussées de température et les insomnies aussi. Des rituels de lavages obsessionnels sont apparus ainsi qu'une tendance à la cachexie – on nous a expliqué qu'elle lui sert de rempart à la séduction.

Nathalie est présente, elle aussi, et si un enfant n'a pas le pouvoir de sauver l'amour de ses parents, l'amour de ses parents peut le sauver. Alors nous l'aimons du mieux que nous pouvons. Nous l'aimons avec l'infinie patience que l'on accorde à ceux qui réapprennent à marcher. À simplement porter une cuiller à leur bouche. On ne fait pas disparaître d'un souffle l'atrocité – là aussi, il faut des siècles et des siècles.

Et certains jours, pendant un court instant, il est à nouveau un petit garçon de presque onze ans, animé et drôle, curieux, insouciant, et ces enchantements-là, aussi rares soient-ils, nous permettent de supporter l'océan de chagrin qui alourdit nos pas, à Nathalie et moi, teinte de cendres nos visages, et nous fait nous étreindre des heures entières lorsque l'épuisement a enfin raison de notre fils, et nous offre une accalmie.

Petit à petit, Benjamin réapprend à redevenir un être et non plus un objet. Il voit un thérapeute chaque samedi et il aime Laura, la jolie dame de l'association. Il affronte le silence, il découvre sa parole, oh, quelques mots pour le moment, il les écoute, les libère. Il apprend la différence entre l'amour et l'attachement. Entre la loyauté et l'obéissance.

Il ne va plus au catéchisme.

Il y a quelques jours, tandis que je cherchais des pièces dans une casse automobile à Hallennes-lez-Haubourdin pour la restauration d'une Renault 30 TX V6 de 1977, je suis tombé sur une épave de Triumph Spitfire MK IV cabriolet et l'ai aussitôt achetée. Je l'ai fait livrer dans mon atelier, et hier, pour son anniversaire, j'y ai conduit mon fils. Voilà, j'ai dit, c'est ton cadeau pour tes onze ans. Il a fait une drôle de tête. Il m'a regardé comme si j'étais « biscornu » – un mot qui le fait rire. Alors, quand je lui ai expliqué que nous allions la restaurer ensemble, que cela prendrait beaucoup de temps, mais qu'elle serait un jour comme neuve, il m'a remercié d'un immense sourire.

Son sourire d'avant.

Bien qu'il ne fasse guère plus de cinq degrés ce matin, nous sommes dans le jardin. Benjamin a délimité le but avec deux manches à balai et une corde à linge. Il porte un bonnet qui lui donne l'air d'un grand et mes vieux gants de ski qui lui font des mains de géant.

Je tire des penaltys. Il n'hésite pas à plonger sur la terre dure, à sauter ou s'élancer. Il crie de joie chaque fois qu'il stoppe un ballon, et nous rions, et il me semble enfin être pour lui ce père que le mien ne me fut pas, d'être capable de rattraper mon fils un jour de chute, de le recoiffer un jour de vent, capable de ces gestes qui sont un langage quand les mots ne viennent pas.

Et le voilà qui parle un peu.

— Tu sais, papa, je suis une victime. Je l'ai appris avec Laura. Ça veut dire que quelqu'un a décidé à ma place, que j'ai été privé de moi. Ça veut dire qu'on m'a volé ce qui fait que je suis une personne. Laura a dit que j'ai été le désir d'un autre et plus le mien.

Je pleure parce que je présage que Benjamin se mettra un jour à dire.

Il dira, même si les mots manquent et ne seront jamais parfaits à décrire l'indicible.

Il dira, car c'est la seule façon de retrouver sa dignité et son identité perdues.

Il dira, car c'est dire qui permet d'être à nouveau au monde.

Benjamin repose le ballon à mes pieds, pour d'autres tirs et sourit.

— Pourquoi tu pleures, papa ? C'est à moi qu'on a fait du mal.

/ Le temps présent.

Au recto.

Au loin, on aperçoit Dinard, le fort Vauban du Petit Bé et l'île du Grand Bé. Plus près, il y a les remparts de la vieille ville et, à chaque extrémité, des rochers et des bancs de sable qui se découvrent à marée basse. À gauche de l'image, on devine une piscine d'eau de mer et son plongeoir. Sur le sable, au premier plan, est assise une femme d'environ trente-cinq ans. Ses cheveux blond vénitien sont lâchés, comme toujours les femmes chez Botticelli. Elle porte une tunique de coton léger pour protéger du soleil sa peau pâle, ses jambes sont longues et minces. Un panier de pique-nique est posé près d'elle, sur une large serviette de plage. À quelques mètres d'elle, un homme du même âge donne la main à un adorable petit garçon d'une dizaine d'années. Ils se dirigent vers elle. On imagine qu'ils sont une famille. Ils sourient.

En bas à droite, la légende indique : *1. SAINT-MALO (Ille-et-Vilaine). La plage de Bon-Secours. « Vue des remparts. » – G. F.*

Au verso.

Côté droit, l'adresse. Père G. de Préaumont, Maison d'Arrêt de Valenciennes, 59300.

Côté gauche, quelques lignes bien droites, une écriture ronde : *Je ne sais pas pourquoi vous vous êtes accusé de m'avoir fait du mal. Vous savez très bien que c'est mon père Delaunoy qui m'a fait ces choses. Je me suis dit que peut-être vous avez fait un sacrifice comme on l'a appris au caté, pour nous sauver. Je crois que je vous dis merci pour ça. Benjamin Roussel.*

AUJOURD'HUI

De : lapastorale-garçons@camps-de-vie.com
À : edouard.roussel@yahoo.fr

Chers parents, chers amis,

Nous sommes très heureux de vous annoncer la nomination du père Antoine Delaunoy au poste de directeur de notre camp de garçons, La Pastorale, dès cet été.

Le père Antoine Delaunoy, diplômé d'État en alpinisme, a une grande expérience des enfants et serait enchanté d'accueillir votre fils de 9 à 13 ans pour des vacances catholiques et sportives dans notre camp du village d'Arreau, dans les magnifiques Hautes-Pyrénées

Au programme : grands jeux, escalades, randonnées, baignades en rivières, parcours aventure en hauteur, messes, prières, confessions, veillées et chants, supervisés par de jeunes diplômés du Bafa.

Mon père

Le père Antoine Delaunoy a animé pendant plusieurs années notre camp de Ramberchamp dans les Vosges, et tous les enfants en gardent un souvenir inoubliable (voir reportages photos sur notre site www.camp-de-vie.com).

Addendum

Quelques mois après la sortie de ce livre, j'ai eu l'honneur d'être invité par Léonard Billot à écrire un conte pour enfants pour son programme radiophonique OLI[1].

L'histoire devait tenir en 7 000 signes environ, de façon à être lue en moins d'une dizaine de minutes. Aussi, plutôt qu'une histoire de princesses capricieuses ou d'ogres gentils, j'ai eu envie de raconter *Mon Père* aux enfants, envie de leur dire à quel point il est important de… *dire*.

Ce conte se nomme « Lucas dit ». Le voici.

Lisez-le un soir à un enfant.

LUCAS DIT

Il était une fois un charmant village près d'une forêt. Il y avait une place avec une église, une boulangerie dont les parfums du pain chaud réveillaient

1. Une histoire et… OLI !, émission pour les enfants sur France Inter, produite par Léonard Billot.

à l'aube les gourmands, une boucherie, un primeur, un glacier, un poissonnier aussi, mais un peu plus loin, à cause de l'odeur les jours de grand vent ; une librairie et un fleuriste car les feuilles des livres et celles des fleurs embellissent le monde. Il y avait des platanes qui faisaient une ombre tiède l'été, et qui ressemblaient à des araignées géantes l'hiver. Il y avait une belle école, une grande cour de récréation bruyante quand on y jouait au ballon, à un-deux-trois soleil, et bien silencieuse à l'heure du goûter quand les enfants se régalaient de chamallows, d'oursons au chocolat ou de réglisse. Il y avait un terrain de foot où les garçons se prenaient pour des grands joueurs de l'équipe de France. Et une salle de danse où les filles rêvaient d'être des petits rats. Mais pas des rats horribles avec des dents jaunes. Non. Des petits rats de l'Opéra. C'est-à-dire, des danseuses.

C'était un village paisible et heureux mais comme rien n'est jamais parfait en ce bas monde, il s'y passait quand même des choses horribles.

Des enfants disparaissaient.

*

La première fois, ce fut Jules. Il rentrait tout seul de l'école mais n'était jamais arrivé chez lui. C'était comme s'il s'était envolé. Les grands disaient *volatilisé* – parce que ça fait plus savant. Personne n'avait rien vu. Ni rien entendu.

Sauf Lucas, un garçon du village qui aimait bien traîner sur la place. Il prétendit que c'était un gendarme qui avait enlevé le garçon, ce que personne ne crut, car les gendarmes ne kidnappent pas les enfants. Les gendarmes, au contraire, sont là pour les protéger.

*

Dans le charmant village personne n'était plus rassuré.

Le matin, les papas conduisaient les enfants à l'école. Le soir, les mamans venaient les chercher. On ne laissait plus les enfants aller acheter seuls des boules de gomme à la boulangerie ou des glaces chez le glacier quand il faisait chaud. On leur interdit de rester seuls et surtout de parler aux inconnus. Il fallait se méfier des grands qu'on ne connaissait pas. Qui proposaient des bonbons. Qui demandaient de les aider à chercher leur petit chien qui s'était sauvé. Ou prétendaient venir les chercher de la part de leur maman.

On ne leur disait pas qu'il fallait aussi se méfier des gens qu'on connaissait.

On leur disait qu'il y avait dans le monde des personnes qui faisaient du mal aux enfants et lorsque les enfants demandaient pourquoi, les grands répondaient toujours « parce que », comme les enfants qui répondent « parce que » quand on leur demande pourquoi ils ont fait une bêtise.

En fait, personne ne savait pourquoi des gens volaient des enfants. Et c'est bien ça qui faisait le plus peur.

Ne pas savoir.

*

La seconde disparition fut celle de Manon.

Une petite fille qui venait de fêter ses douze ans, une grande fête dans son jardin, où il y avait une petite piscine gonflable, des ballons qui s'envolaient plus haut que le ciel, de délicieux gâteaux que les mamans avaient préparés et des petits cadeaux pour chaque invité. Ç'avait été un anniversaire merveilleux, comme ceux qui sont parfois racontés dans les contes.

À la fin de l'après-midi, Manon était restée seule dans la petite piscine pour se rafraîchir après toutes ses émotions et s'était, elle aussi, volatilisée, comme disent les grands. Sa maman l'avait d'abord appelée, *Manon ! Manon !* Elle avait demandé aux voisins s'ils avaient vu sa fille, elle avait regardé dans les arbres si Manon s'y était cachée, et on avait prévenu les gendarmes.

Personne ne sut où elle était allée.

Sauf Lucas, qui prétendit l'avoir vue avec Monsieur le curé, mais personne ne le crut car les Monsieur le curé ne kidnappent pas les enfants.

Les curés, au contraire, sont là pour les protéger.

*

Ce jour-là, Lucas rentra chez lui en pleurant parce qu'on ne le croyait jamais.

Il se dit que les grands étaient bien bêtes de ne pas écouter les enfants. Car ils avaient oublié qu'eux-mêmes, avant d'être grands, avaient été des enfants.

Le lendemain, il se cacha dans un arbre, à l'entrée de la forêt, car il était malin et savait que bien des maléfices venaient des forêts.

Il surveillait.

Et voilà qu'au bout de quelques jours, sa patience fut récompensée.

*

Il aperçut alors une silhouette qui ressemblait à un homme, avec une peau de caméléon qui, comme chacun sait est composée de trois couches. La couche cornée, la couche épineuse et la couche germinative. Mais comme nous ne sommes pas à l'école, nous n'en dirons pas plus.

Et ce que vit Lucas faillit le faire tomber de son arbre : la silhouette avait le pouvoir de se transformer en la personne qu'elle voulait.

Cette fois, la voilà qui devenait Monsieur Roland, le professeur de sport de l'école. Elle avait le même gros ventre que Monsieur Roland.

Lucas le suivit jusqu'au village et le vit aborder Hugo, un petit garçon qui était très fort en gymnastique. Hugo ne se méfia pas une seule seconde et suivit celui qu'il croyait être Monsieur Roland. Il lui prit même la main.

Alors, Lucas cria de toutes ses forces : *Monsieur Roland va faire du mal à Hugo !* Et les grandes personnes qui étaient là haussèrent les épaules et dirent à Lucas que les professeurs de sport ne font pas du mal aux enfants. Au contraire. Ils sont là pour les protéger et les aider à être forts.

Mais pour la première fois quelqu'un le crut.

C'était la maman de Manon, la petite fille qui avait disparu le jour de son anniversaire.

*

Elle lui demanda de l'emmener dans la forêt, là où il avait vu la silhouette. Elle chercha un peu et finit par trouver une maison bien cachée. Ils découvrirent une trappe qui menait à la cave et ils trouvèrent Jules, Manon et Hugo qui pleuraient car ils pensaient que c'était le gendarme, Monsieur le curé et le professeur de sport qui les volaient pour leur faire du mal. Ces grandes personnes qui, au contraire, devaient les protéger.

Alors, Lucas, qui était un petit garçon qui n'avait pas ses yeux dans sa poche et qui savait bien qu'il faut toujours dire les choses, surtout quand elles ne sont pas normales, leur dit ceci : Ceux qui nous aiment le plus peuvent aussi nous faire du mal et il ne faut jamais se laisser faire. Il faut toujours le dire.

Alors, Jules, Manon et Hugo essuyèrent leurs yeux. Manon se jeta dans les bras de sa maman, et tous trois jurèrent que désormais ils diraient toujours quand quelque chose ne va pas.

Parce qu'après tout, dit Manon, ce n'était pas normal que Monsieur le curé vienne me chercher dans la piscine.

Pas normal que Monsieur Roland veuille me montrer un nouveau ballon de foot, dit Hugo.

Addendum

Pas normal que le gendarme veuille que je cherche un bandit avec lui, dit Jules.

Depuis ce jour où tous les enfants se sont mis à parler quand quelque chose n'allait pas, la silhouette disparut et la paix revint pour toujours dans le charmant village.

REMERCIEMENTS

À Audrey Petit, ma formidable éditrice du Livre de Poche, qui a tout de suite dit oui à ce texte et qui sait, en tant que maman, à quel point il est important de pouvoir parler de tout.

À Béatrice Duval, Florence Mas et Anne Bouissy-Volcouve.

À tous les libraires qui m'ont suivi dans cette aventure, et en particulier Nathalie Iris de la librairie *Mots en Marge*, à La Garenne-Colombe et Pauline Girardin, des (très) *Beaux Titres*, à Levallois.

À tous les journalistes et bloggeurs/bloggeuses qui ont accueilli ce roman avec enthousiasme.

À Anne Pidoux qui, dans une période bien orageuse, est restée une infaillible alliée.

À Dana enfin, qui m'a toujours ramené au jour.

Grégoire Delacourt
au Livre de Poche

Danser au bord de l'abîme n° 34799

« Moi, je crois au premier regard, maman.
Je crois à la première impression. Je crois au langage de la chair. Au langage des yeux. Au vertige. À la foudre.
— Ce à quoi tu crois, ma petite fille, cela aboutit au chagrin. »
Il y a les promesses que l'on se fait à vingt ans, et les rencontres que nous réserve le hasard. Il y a le bonheur que l'on croyait tenir, et celui après lequel on court. Il y a l'urgence à vivre.

L'Écrivain de la famille n° 32683

À sept ans, Édouard écrit son premier poème, quatre rimes pauvres qui vont le porter aux nues et faire de lui l'écrivain de la famille. Mais le destin que les autres vous choisissent n'est jamais tout à fait le bon. Avec grâce et délicatesse, Grégoire Delacourt nous conte une histoire simple, familiale, drôle et bouleversante.

La femme qui ne vieillissait pas n° 35247

« À quarante-sept ans, je n'avais toujours aucune ride du lion, du front, aucune patte-d'oie ni ride du sillon nasogénien, d'amertume ou du décolleté ; aucun cheveu blanc, aucun cerne ; j'avais trente ans, désespérément. »

Il y a celle qui ne vieillira pas, car elle a été emportée trop tôt. Celle qui prend de l'âge sans s'en soucier, parce qu'elle a d'autres problèmes. Celle qui cherche à paraître plus jeune pour garder son mari, et qui finit par tout perdre. Et il y a Betty. Ce qui est arrivé à Betty est le rêve de toutes les femmes. Et pourtant.

La Liste de mes envies n° 32998

Lorsque Jocelyne Guerbette, mercière à Arras, découvre qu'elle peut désormais s'offrir tout ce qu'elle veut, elle se pose la question : n'y a-t-il pas beaucoup plus à perdre ? Grégoire Delacourt déroule ici une histoire forte d'amour et de hasard. Une histoire lumineuse aussi, qui nous invite à revisiter la liste de nos envies. *La Liste de mes envies* a connu un succès international.

On ne voyait que le bonheur n° 33890

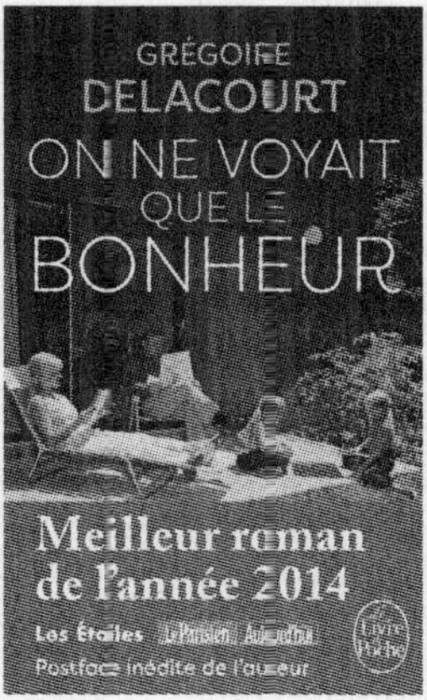

Antoine, la quarantaine, est expert en assurances. Depuis longtemps, trop longtemps, il estime, indemnise la vie des autres. Une nuit, il s'intéresse à la sienne, se demande ce qu'elle vaut vraiment. Par une introspection sans concession, il nous entraîne au cœur de notre propre humanité, lui qui ne s'est jamais remis de son enfance, ballotté entre faux bonheurs et réelles tragédies. Orchestré en trois mouvements, du nord de la France à la côte ouest du Mexique, *On ne voyait que le bonheur* explore aussi le pays de l'adolescence. Et montre que le pardon et la rédemption restent possibles en dépit de tout.

La Première chose qu'on regarde n° 33406

Le 15 septembre 2010, Arthur Dreyfuss, vêtu de son caleçon fétiche, regarde un épisode des *Soprano* quand on frappe à sa porte. Il ouvre. Scarlett Johansson. Il a vingt ans, il est garagiste. Elle a vingt-six ans, et quelque chose de cassé. Un roman féroce et virtuose sur la naissance de l'amour et la vérité des âmes.

Les Quatre Saisons de l'été n° 34129

Cet été-là, Cabrel chantait *Hors saison* et tout le monde chantait Cabrel. Cet été-là, sur la plage du Touquet, les corps se dévoilaient, les cœurs s'emballaient. Cet été-là, sur les dunes immenses, se jouaient les destinées amoureuses de quatre couples, à l'âge des quatre saisons d'une vie. L'été est-il toujours fatal aux histoires d'amour ? Bouleversant et solaire, *Les Quatre Saisons de l'été* retrace la trajectoire de nos blessures et nos élans les plus fous.

DU MÊME AUTEUR
AUX ÉDITIONS LATTÈS :

L'Écrivain de la famille, 2011.
La Liste de mes envies, 2012.
La première chose qu'on regarde, 2013.
On ne voyait que le bonheur, 2014.
Les Quatre Saisons de l'été, 2015.
Danser au bord de l'abîme, 2017.
La femme qui ne vieillissait pas, 2018.

PAPIER À BASE DE FIBRES CERTIFIÉES

Le Livre de Poche s'engage pour l'environnement en réduisant l'empreinte carbone de ses livres. Celle de cet exemplaire est de :
200 g éq. CO_2
Rendez-vous sur www.livredepoche-durable.fr

Composition réalisée par PCA

Achevé d'imprimer en France par
CPI BRODARD & TAUPIN (72200 La Flèche)
en janvier 2020
N° d'impression : 3037217
Dépôt légal 1re publication : février 2020
LIBRAIRIE GÉNÉRALE FRANÇAISE
21, rue du Montparnasse – 75298 Paris Cedex 06

63/6173/6